Sarnberg
Die Brandstifter

Alexandra Sarnberg

Die Brandstifter

Bibliografische Information der Deutschen Nationalbibliothek
Die Deutsche Nationalbibliothek verzeichnet diese Publikation in der Deutschen Nationalbibliografie; detaillierte bibliografische Daten sind im Internet über http://dnb.d-nb.de abrufbar.

Bild: „Edvard Munch - The Scream - Google Art Project" von Edvard Munch - Google Art Project: pic. Lizenziert unter Gemeinfrei über Wikimedia Commons - https://commons.wikimedia.org/wiki/File:Edvard_Munch_-_The_Scream_-_Google_Art_Project.jpg#/media/File:Edvard_Munch_-_The_Scream_-_Google_Art_Project.jpg

© 2015 Alexandra Sarnberg
Alle Rechte vorbehalten. Dieses Werk sowie einzelne Teile desselben sind urheberrechtlich geschützt. Jede Verwertung in anderen als den gesetzlich zugelassenen Fällen ist ohne vorherige schriftliche Zustimmung der Verfasserin nicht zulässig.
Printed in Germany.

Herstellung und Verlag:
BoD – Books on Demand, Norderstedt
ISBN 978-3-7357-9407-9

Es geschah mitten auf der Rolltreppe. Auf einer dieser modernen, schön geschwungenen - und extrem steilen, wie sie typisch sind für die Designer-Shoppingmalls, jene Einkaufstempel des neuen, schönen, starken Menschen, der alles verschlingt, was nicht so neu, schön und stark ist wie er. Genau wie seine Shoppingmalls, diese gierigen Kraken, alles verdrängen und in sich aufsaugen, marschiert er im gleichen Schritt und Tritt über alles hinweg, was für die gleichgeschaltete schöne neue Welt zu individuell ist. Der neue Mensch ist nicht Individuum, sondern Masse, eine gewaltige, brutale Dampfwalze, die alles zu einem farblosen Einheitsbrei zerquetscht.

Niemand beachtete die zierliche Frau, die mitten auf dieser Rolltreppe ins Wanken geriet, und, sich ans Herz greifend, fast rückwärts gestürzt wäre. Panisch riss sie ihren Mantel auf, mit fliegender Hand, während sich die Linke am Halteband festkrallte, schweißnass und glitschig. Ihr Herz raste, in unregelmäßigen Schlägen, schien für einen Sekundenbruchteil stillzustehen, um wie eine aus dem Takt geratene Pumpe mühsam saugend erneut einzusetzen. Durch die gläserne Seitenwand der Rolltreppe sah sie in den Abgrund, der sich unter ihr auftat, während sie ebenso rasch wie unaufhaltsam höher und höher getragen wurde. Eine kurze Panik trieb ihr den Schweiß auf die Stirn, während der Abgrund sie anzog, magisch weiß, ein elegantes Grab, kalkweiß, wie das Zeug, mit dem man die Toten bedeckt, damit sie schneller... Entschlossen wischte sie sich über die Stirn, um den Gedanken zu vertreiben. Sie spürte die feinen Schweißperlen unter ihren Fingern, wie sie ihr heißes Gesicht allmählich kühl werden ließen. Vorsichtig strich sie sich über die Haut zwischen Nase und Oberlippe. Es ist nicht sehr hygienisch, sich mit derselben Hand, mit der man sich am Halteband einer Rolltreppe festgehalten hat, ins Gesicht zu fassen. Kaum etwas dürfte bakteriell so verseucht sein. Und sie hasste es, krank zu sein. Sie hasste es, schwach zu sein. Sie war schließlich ein moderner Mensch, ein Wesen der neuen Zeit. Wie alle anderen auch ein Kunstprodukt, eine Kreuzung zwischen Maschine und Mensch. Sie hielt sich krampfhaft aufrecht, während die Einkaufstüten, trotz allen Versuchen, sie nach oben zu ziehen, an ihren Armen abwärts glitten. Den Halt verlieren! Das fehlte gerade noch! Trotzig streckte sie ihren rechten Arm aus, an dem unbarmherzig die Einkaufstüte nach unten zog. Sie stemmte sich gegen das Gewicht, ließ die Tüte an ihrem Arm baumeln und krallte sich mit der Rechten auch an dem anderen Halteband fest. So stand sie da, wie ein Seemann bei Wellengang. Der Schweiß war auch an ihren Beinen ausgebrochen, unter ihren Kleidern war sie klitschnass. Sie konzentrierte sich auf ihre Atmung, ein, aus, ein, aus. Gleich würde es wieder besser gehen, alles wäre in Ordnung, nur keine Panik.

Plötzlich stießen ihre Füße gegen eine Plattform - sie hatte nicht bemerkt, dass sie bereits oben angekommen war - instinktiv hielt sie sich weiter auf beiden Seiten fest, Halt suchend. Von hinten rempelte sie ein Typ an, bösartig knurrend, stieß ihren rechten Arm brutal zur Seite und gab ihr einen Stoß, dass sie vornüber kippte und mitsamt den schweren Einkaufstüten auf den Boden aufschlug.

Man stieg über sie hinweg.

Nicht nur einer - mehrere. Eine ganze Schlange. Sie gafften, ohne stehen zu bleiben, sahen sich satt an ihr, grinsten sich zu, über sie hinweg. Sie fühlten sich erhaben. Sie waren die Herren. Sie war nicht einmal ein Mensch. Sie hätte am liebsten aufgeschrien, wenn sie nicht so unglaublich überrascht gewesen wäre. Nie hätte sie so etwas für möglich gehalten. Half man einem Gestürzten nicht auf, besonders wenn er sich offensichtlich nicht gut fühlte? War das nicht der ganz normale menschliche Instinkt? Aber sie waren ja keine Menschen mehr. Sie waren Herrenmenschen.

Sie las die Verachtung in ihren Augen. Was am Boden liegt, wird gefressen. So will es das Gesetz der Raubtiere.

Das Verrückte war, dass sich in ihre Wut Verachtung mischte - für sich selbst. War sie nicht wirklich ein Haufen Dreck, weil sie Schwäche gezeigt hatte? Nie zuvor war sie in ihrem Leben ernsthaft krank gewesen.

Ein schönes, starkes, arrogantes Raubtier, wie alle anderen auch. Doch sie war nie ein Herrenmensch gewesen. Also doch nicht wie alle anderen, stellte sie zugleich bekümmert und erleichtert fest. Denn ein Herrenmensch ist schlimmer als ein Tier, er steht unter jedem Tier, weil er bösartig ist.
Böse Augen sahen sie aus Schlitzen an: sie war ein Störfaktor. Sie musste weg, so oder so. Sie versuchte hochzukommen, auf allen Vieren. Dabei steckte sie so manchen Tritt ein, weil die Meute einfach weiterging ohne hinzuschauen. Wohl auch weil der eine oder andere bewusst zutrat.
Kopfschütteln, böse Blicke. Der Inhalt der Einkaufstüten hatte sich natürlich über den Boden ergossen, und so blieb es nicht aus, dass sie herumkriechen musste, um alles wieder zusammenzupacken. Was sich eigentlich erübrigte, weil man auf ihren Sachen herumgetrampelt war. Sie hätte heulen können. Es waren Weihnachtsgeschenke für die wichtigsten ihrer Kunden, kunstvoll eingepackt. Jetzt waren sie nur noch Müll. Kein Problem für jemanden, der Geld hatte und neue kaufen konnte. Sie hatte kein Geld, jedenfalls nicht dafür. Nach offizieller Definition war sie arm. Armut und Krankheit kommen zusammen, das ist halt so.
Sie schluckte ihre Wut hinunter. Schließlich war sie selbst schuld. Oder etwa nicht? Sie schätzte die Zeit: bei ihrem gegenwärtigen Zustand würden die Anfälle etwa alle 30 Minuten kommen. Ihr Blick fiel in einen Spiegel, aus dem ihr das eigene Gesicht fahl und erschöpft entgegenstarrte. Der Lippenstift hob den von

Alters- und Bitterkeitsfalten umgebenen Mund hart hervor. Das Make-Up passte nicht. Angewidert wandte sie sich ab. Sie sollte aufhören, sich irgendein billiges Zeug in ihr altwerdendes Gesicht zu schmieren, das ohnehin nur alles schlimmer machte.
Schließlich raffte sie sich auf und ging weiter. Noch einige Besorgungen, dann in die Lebensmittelabteilung. Mit anderen Worten: mit den gleichen Rolltreppen abwärts ins Untergeschoß. Sie seufzte auf und ging tapfer los. Noch 25 Minuten.
Es war wie verhext, dass man dem Weihnachtstrubel nie ausweichen konnte. Und sie war weiß Gott nicht spät dran. Bis sie hier fertig war, waren die 25 Minuten längst um. Offenbar hatte ihr Körper ihr eine Gnadenfrist von einigen Minuten geschenkt. Selbst die Fahrt in den kalkweißen Abgrund hatte sie ohne besondere Vorkommnisse überstanden.
Jetzt also noch rasch die Lebensmittel. Sie merkte, dass sie schwerfällig ging, regelrecht watschelte. Schon wieder so ein Spiegel. Warum waren eigentlich Kaufhäuser derart versessen auf Spiegel an den unmöglichsten Orten, selbst in der Lebensmittelabteilung? Sie verabscheute die alte Frau, die ihr da aus dem polierten Glas entgegenstarrte. Die alte Watschelente mit dem unmöglichen Make-Up in der Visage. *Du wirst alt*, sagte etwas in ihr. *Und nutzlos.*
Kannst du nicht mal aufhören, dich selbst zu beschimpfen?, dachte sie.
„Ey, Mann, Alte, pass auf, wohin du tappst!", röhrte die Stimme eines sich sehr cool vorkommenden Ju-

gendlichen hinter ihr. Er stöhnte demonstrativ auf, rempelte sie an und schob sie beiseite. Die Wut wallte wieder in ihr auf - zusammen mit dieser hässlichen Mischung von Selbstverachtung. Wie ein allzu oft geschlagenes Tier gab sie einen Laut der Empörung von sich. Sie wollte nach dem Typen treten und schlagen, aber die Einkaufstüten schränkten ihre Bewegungsfreiheit ein. Außerdem war er viel zu schnell. Sie musste sich darauf beschränken, ihm ein - für ihre Verhältnisse - kräftiges "Vollidiot" nachzurufen, was ihr im selben Augenblick lächerlich erschien, zumal er nichts mehr davon mitbekam und die Umstehenden sie lediglich mit einer Mischung aus Verblüffung und Mitleid anstarrten. Die Alte wusste wohl nicht mehr, was sie tat. Eigentlich komisch, dachte sie, was man sich ab einem gewissen Alter und vor allem als Frau gefallen lassen muss. Sie fragte sich, wie oft sie heute schon getreten, gestoßen und beschimpft worden war. Sie wurde unendlich müde. Etwas in ihr hatte das Bedürfnis, sich einfach auf den Boden zu legen und auf den Tod zu warten, der sowieso unvermeidlich war. Ein Tier, ein zu Tode getroffenes Tier. Alles kam zusammen, wurde einfach zu viel. Ruhe. Schlafen. Für immer. Sie klammerte sich am Einkaufswagen fest. Ihr Gesichtskreis verengte sich, wurde zu etwas wie Tunnelblick.
Sich einfach fallen lassen...
Sie arbeitete gegen dieses furchtbare Gefühl der Lähmung an, das sie überkam. Nur noch ein paar Lebensmittel, zur Kasse...
Vor ihr schäkerte eine nicht mehr ganz junge Frau, um

nicht zu sagen: eine bereits deutlich in die Jahre gekommene Matrone mit dem Kassierer, einem attraktiven Südländer, der ihr Sohn hätte sein können. Ende 20, Anfang 30? Oder doch erst Mitte 20? Sie verzog ungeduldig das Gesicht. Wenn eine alte Scheune brennt. Dass sich die Weiber nicht schämten… alte Hennen…
Seit ihrer Operation vor einem Jahr mit Mitte Vierzig hatte sie beschlossen, dass sie alt sei. Nach der Erleichterung über die Tatsache, dass das gewucherte Gewebe, das man ihr aus dem Leib geschnitten hatte, gutartig war, stellte sich der Katzenjammer ein: Schweißausbrüche, Schlaflosigkeit, Depressionen. Gewichtszunahme. Sie hatte begonnen, sich zu fühlen wie ein kastrierter Kater. Dazu kamen Existenzsorgen. Um in Rente zu gehen, war sie zu jung, um noch eine Stelle zu bekommen, zu alt. Sie senkte den Kopf, wenn sie daran dachte.
Und die Einsamkeit. Die furchtbare Einsamkeit.
Ihr Mund verzog sich bitter. Es war so schnell gegangen. Es kam ihr vor, als wäre sie innerhalb weniger Monate um Jahre gealtert. Müde betrachtete sie den Kassierer. In der Tat, nicht schlecht, der Bursche. Gegen ihren Willen stellte sich ein gewisses Verständnis mit der Frau ein. Endlich verabschiedete sich die Matrone von dem jugendlichen Adonis, der seinen Blick mit einem süßlichen „Hallo" der nächsten Kundin, also ihr, zuwandte. Er schien ihr Äußeres einer ebenso raschen wie unverschämten Prüfung zu unterziehen, die sie offenkundig nicht bestand. Offenbar suchte er nach

einer einsamen ältlichen Dame, die ihn aushalten konnte, worauf ihr schon leicht ramponierter Mantel nicht unbedingt hoffen ließ.

Ausgerechnet jetzt stieg die leichte Übelkeit in ihr auf, zusammen mit diesem Schmerz in der Brustgegend, als schlösse sich eine eiserne Faust um ihr Herz. Beides untrügliche Anzeichen dafür, dass der nächste Anfall bevorstand. Der Schmerz, die Übelkeit, die Luftnot steigerten sich wie eine Spirale. Wenn es jetzt bloß nicht - Sie taumelte, suchte Halt, fasste sich an den Kopf, durch Nebel hörte sie Stimmengewirr, sah Bewegung, Farben, sich verwischend, gleichzeitig Dunkel, Schwärze, ein sich verengender Tunnel… Der Körper schien sich nun das mit Gewalt nehmen zu wollen, was sie ihm zuvor verweigert hatte. Liegen, Ruhen, Schlafen…

Ihre Knie knickten ein, sie fing sich am Einkaufswagen ab und arbeitete mit aller Willenskraft gegen die zunehmende Schwäche an. Allmählich beruhigte sich alles wieder in ihr. Da merkte sie, dass sie jemand am Arm hielt und stützte.

Sie blinzelte, um klar zu werden. Der Kassierer stand neben ihr und musterte sie besorgt. Jetzt fiel ihr ein, dass sie sicher den ganzen Verkehr aufhielt.

„Oh, Entschuldigung", stammelte sie heiser. Ihr Mund war so trocken, dass sie kaum sprechen konnte. „Ich halte hier sicher alles auf."

„Nein, machen Sie sich keine Sorgen. Ich habe die Kasse geschlossen. Kommen Sie. Sie müssen sich setzen und etwas trinken. Und vor allem ziehen Sie jetzt

erst mal den Mantel aus."
Seine Stimme war wohltuend klar, ruhig und freundlich. Aber auch eindeutig eine Stimme, die es gewohnt war, Anweisungen zu erteilen.
Sie mochte diese Stimme unwillkürlich.
„Danke, das ist sehr freundlich. Aber es wird schon wieder - "
„Trotzdem. Es ist besser, wenn Sie sich noch ein paar Minuten hinsetzen." Er führte sie zu einem Stuhl, auf den sie sich gehorsam niederließ. Sofort spürte sie, wie wohltuend das war. Ruhe. Eine freundlich lächelnde Verkäuferin brachte eine kleine Wasserflasche und hielt sie ihr hin. Immer noch benommen, schaute sie die Frau ausdruckslos an. Also ergriff er die Flasche, öffnete sie mit einem beherzten Ruck und hielt sie ihr hin.
„Trinken Sie. Langsam und schluckweise."
Sie sah ihn an, überrascht. Aber sie hatte das Gefühl, dass es das Beste für sie war, auf ihn zu hören. Mit dem Setzen hatte er immerhin auch Recht gehabt. Unsicher griff sie nach der Flasche und führte sie an die Lippen.
Er nickte ihr aufmunternd zu. Vorsichtig, als wäre es Gift, nippte sie ein wenig, dann nahm sie einen kleinen Schluck. Tatsächlich, das tat gut. Noch einen. Und noch einen. Sie schloss die Augen und atmete durch. Das kühle Nass erfrischte sie. Sie lehnte sich zurück und entspannte sich - zum ersten Mal nach langer Zeit.
Wie nach einem Gang durch die Wüste, ein Verdurstender, der in einer Oase ankommt…
Sie schlug die Augen auf und nahm den jungen Mann,

der neben ihr auf dem Boden hockte, zum ersten Mal richtig war.
Er lächelte. „Na, also. Jetzt sehen Sie schon wieder ganz anders aus. Und Sie fühlen sich doch auch ganz anders, oder?"
Sie lächelte auch und nickte brav. Irgendwie kam sie sich wie ein kleines Mädchen beim Onkel Doktor vor. Plötzlich spürte sie, wie ihr Tränen in die Augen stiegen. Rasch wandte sie das Gesicht ab und schluckte energisch. Wieso fing sie jetzt bloß an zu heulen?
Ob er es bemerkt hatte?
Er erhob sich. „Bleiben Sie noch sitzen. Ich bin gleich wieder bei Ihnen."
Tiefe Dankbarkeit durchströmte sie. Sie wollte jetzt wirklich am liebsten alleine sein.
Als sie aufsah, registrierte sie, dass er in einiger Entfernung stand und sie aufmerksam im Blick behielt. Wie ein Arzt seine Patientin. Er schien über irgendetwas nachzudenken.
Schließlich trat er wieder näher.
Sie erwartete ihn mit einem erleichterten Lächeln. „Danke, es geht schon wieder. Es geht mir viel besser."
Energisch stand sie auf und bückte sich, um ihre Tüten aufzuheben. Da fiel ihr ein, dass sie ihre Lebensmittel an der Kasse noch nicht bezahlt hatte. Sie mussten noch dort liegen. Sie richtete sich rasch auf und wandte sich Richtung Kasse, als sich plötzlich erneut alles um sie drehte. Sie konnte sich gerade noch an dem Stuhl festhalten und schloss einen Augenblick die Augen. Sich den Händen, die sie stützen, überlassend, ließ sie

sich wieder in den Stuhl sinken. Durch den Nebel der Benommenheit hörte sie eine Frauenstimme, die sagte: „Wir sollten einen Krankenwagen rufen. Die Frau kann sich ja kaum auf den Beinen halten." Und dann die ihr mittlerweile wohlbekannte Stimme des jungen Mannes: „Ja, das wird wohl das Beste sein." „Nein", sagte sie schwach, aber bestimmt, „keinen Krankenwagen und kein Krankenhaus. Ich will jetzt einfach nur nach Hause." Sie spürte, wie die beiden Blicke wechselten. „Es ist besser für Sie", hörte sie den jungen Mann wieder. „Sie könnten kollabieren. Haben Sie jemanden zuhause, der auf sie aufpasst, oder sind Sie allein?" „Ich brauche niemanden, der auf mich aufpasst. Ich komme sehr gut allein zurecht." „Ja, daran zweifle ich nicht. Aber in Ihrem gegenwärtigen Zustand…" Es geht mir gut", fiel sie ihm trotzig ins Wort, indem sie ihm frontal in die Augen sah. *Wie man deutlich sieht*, warf eine kleine hämische Stimme in ihrem Inneren ein. Sie wandte den Blick ab, weil sie selbst ein Grinsen unterdrücken musste. Die Situation war wirklich verrückt.
„Ich habe ein kleines Problem mit dem Kreislauf. Zuhause werde ich mich ein wenig hinlegen, dann geht das schon wieder." Sie lächelte die beiden betont zuversichtlich an. Die Verkäuferin betrachtete sie skeptisch, während der junge Mann geräuschvoll die Luft ausstieß; auch er wirkte nicht überzeugt.
„Na gut. Dann erlauben Sie mir wenigstens, Sie nach Hause zu fahren. Es ist nicht gut, wenn Sie jetzt schwerbepackt durch die Gegend laufen." Sie wollte gerade widersprechen, als er sie unterbrach: „Keine

Widerrede. Jetzt bleibe ICH hart." Erklärend meldete sich seine Kollegin zu Wort: „Er studiert Medizin. Glauben Sie mir, er weiß, was er tut."
Jetzt sah sie ihn mit ganz anderen Augen. Ach ja? Wenn dem so war…
Bereitwillig ließ sie sich helfen. Nun stellte sich heraus, dass man ihre Lebensmittel bereits in eine Tüte gepackt hatte. „Aber ich muss doch noch bezahlen-"
„Keine Sorge. Geschenk des Hauses. Mit allen guten Wünschen."

An seinem Arm war sie zum Auto gegangen, er hatte ihre Einkäufe ins Haus gebracht und stand nun an der Tür, um sich zu verabschieden.
Sie zögerte. Dann sagte sie: „Möchten Sie nicht noch eine Tasse Kaffee oder Tee mit mir trinken? Ich habe uns schnell eine zubereitet…"
Er dachte eine Sekunde nach. „Nur wenn Sie mir versprechen, sich nicht zu beeilen. Gerne."
Sie lächelte spitzbübisch. „Versprochen: ich werde mich bewegen wie eine Schnecke, falls Sie das beruhigt. Also: Kaffee oder Tee?"
„Was Sie bevorzugen."
Sie überlegte kurz. „Mein Kaffee ist eindeutig besser als mein Tee. Also Kaffee."
Als sie in der Küche zugange war, trat er an die Türschwelle. „Kann ich Ihnen helfen? Oder darf ich den heiligen Raum nicht betreten?", fügte er augenzwinkernd hinzu.
Sie lachte mit einem verlegenen Blick auf den Zustand

ihrer Küche. „Naja, wenn Sie sich nicht an meinem Chaos stören", meinte sie achselzuckend.
„Keine Sorge. Ich bin Schlimmeres gewöhnt. *Mein* Chaos nämlich."
Sie lachten beide. „Also gut, in dem Schrank dort sind die Tassen."
In Ermangelung eines Kuchens legte sie ein paar Pralinen auf einen Teller. „Für Sie als Mediziner muss das ein Schock sein, ich weiß. Ich habe leider die Angewohnheit, mich ungesund zu ernähren."
Sie spürte, wie er den Blick fachmännisch über ihre Figur streifen ließ. Als angehender Mediziner, versteht sich. Nicht als Mann. Sie fühlte sich nackt. Schutzlos. Für einen Moment war die gute Stimmung beim Teufel, und sie bereute, dass sie sich vor ihm gedemütigt hatte. Mediziner verachten die Menschen, die nackt vor ihnen stehen. Das wird nicht gerne eingestanden, aber es ist so. Zumindest verlieren sie den Respekt. Sie hätte nicht so verdammt ehrlich sein sollen. Seit der Operation hatten sich ein paar Kilo zu viel auf ihren Hüften angesammelt. Und nicht nur da. Mit einem genervten Seufzen verdrängte sie die Gedanken. Sie konnte jetzt nicht innerhalb von Sekunden abnehmen, nur um dem Herrn eine Freude zu machen.
Da spürte sie erneut, wie sich ihr Herz zusammenzog. Bitte jetzt nicht. Lieber Gott. Nicht schon wieder. Instinktiv wollte sie zum Herzen greifen, besann sich aber noch rechtzeitig. Mit dem fröhlichsten Lächeln der Welt strahlte sie ihn an: „Sie studieren also Medizin? Im wievielten Semester sind sie denn?"

„Im zehnten. Ich muss für mein Studium arbeiten, deshalb wird es bei mir etwas länger dauern." Als müsse er sich entschuldigen.
„Darf ich fragen, woher Sie kommen?" Er lächelte.
„Ich bin in Tunesien geboren. Ein Stipendium hat es mir ermöglicht, hier zu studieren."
Sie nickte versonnen. „Tunesien. Ein schönes Land."
"Ja, aber dort kann man nicht leben. Außer den reichen Pensionären, die aus Deutschland und Großbritannien kommen."
Die Bitterkeit war unüberhörbar. Sie machte seine Stimme hart, fast aggressiv. Für einen Sekundenbruchteil zuckte sie zusammen wie unter einem Schlag ins Gesicht.
Er schien selbst zu merken, dass er sich im Ton vergriffen hatte, und lenkte ein. „Auch in Deutschland gibt es viel Armut. Altersarmut. Ich weiß. Es greift immer mehr um sich ..."
Wie er das sagte. Und wie er sie dabei ansah. Altersarmut. Alter. Armut. Alter! Diese Taktlosigkeit war für einen angehenden Arzt schon bemerkenswert. Wenn er eines Tages so auf seine Patienten einging, mit dem Einfühlungsvermögen eines Elefanten im Porzellanladen...
Sie verspürte das unmögliche Bedürfnis, das Gespräch zu beenden. Da brach seine Stimme, die sie plötzlich fast nicht mehr hören wollte, in ihre Gedanken ein: „Verzeihen Sie. Habe ich Ihnen wehgetan?"
Überrascht sah sie ihn an. Er wirkte so unglaublich hilflos. Er hatte einen Fehler begangen, aber er war

feinfühlig genug, um zu spüren, was er ihr angetan hatte. *Wenn du wüsstest.* Wie sollte sie einem jungen Mann von nicht mal dreißig Jahren erklären, was seine unbedachten Worte angerichtet hatten? Sinn- und zwecklos. Sie schüttelte automatisch den Kopf, was er rasch zu seinen Gunsten auslegte.
„Na, Gott sei Dank. Sie sind doch nicht alt."
Aber arm? Oh, Junge, hör auf, dich in Höflichkeitsfloskeln zu verrennen. Ich weiß genau, wie ich ausschaue.
„Ich heiße übrigens Habib Sarif. Sagen Sie Habib zu mir."
Sie runzelte die Stirn und bedankte sich höflich - ohne seinen Namen zu wiederholen.
Geben Sie sich keine Mühe, Herr Sarif.
Er wartete, bis es peinlich wurde, schließlich räusperte er sich und stellte die Frage, die sie bereits gefürchtet hatte: „Darf ich nach Ihrem Namen fragen, nachdem Sie mich schon so nett bewirten?"
Nein.
„Siegers", erwiderte sie mit rauer Stimme. „Hannah Siegers."
Er wartete erneut. Schließlich preschte er vor: „Darf ich Sie Hannah nennen?"
Ausgeschlossen. Ich könnte deine Mutter sein. Naja, wenn's nicht anders geht...
Sie zuckte müde mit den Schultern und zwang sich zu einem möglichst freundlichen Lächeln. „Von mir aus - gern."
Gern? Du bist ja verrückt!
„Danke!" Es klang irgendwie erleichtert, von Herzen

kommend. Unwillkürlich fühlte auch sie, wie ihre Beklommenheit zurückwich. Wie eine Faust, die allmählich, zögerlich, ihr Herz freigab. Ein Eisenring, der sich öffnete.
Irgendwann wird er dir das Du anbieten. Aber da ziehst du die Grenze. Dafür bist du wirklich zu alt. Und als würde es eine zweite Stimme in ihrem Inneren kommentieren: *Schade!*
Vielleicht war es gar keine zweite Stimme. Vielleicht war sie selbst es, die da sprach.
Er räusperte sich erneut. „Gut, Hannah. Ich habe Ihre Gastfreundschaft schon zu lange beansprucht. Vielen herzlichen Dank und - ich hoffe - dass wir in Kontakt bleiben? Uns mal wiedersehen?"
Nein, auf keinen Fall. Oder doch, vielleicht wäre es -
„Das hoffe ich auch", entgegnete sie herzlich. „Ich würde mich sehr darüber freuen."
Als sie ihm die Hand reichte, klamm und kalt wie immer, war sein Händedruck warm und fest. Seine Wärme durchströmte sie wohltuend. Für einen Sekundenbruchteil empfand sie ein Gefühl von Geborgenheit, das sie lange nicht mehr empfunden hatte. Rasch zog sie ihre Hand zurück, als fürchtete sie, er könne ihre Gedanken lesen. War in seinem Blick wieder dieses Prüfende, Diagnostizierende? Schnell wandte sie ihre Augen von den seinen ab. Hatte sie Angst, dass er in ihrer Seele las?
Erleichtert schloss sie die Tür, wie ein Dieb, der beinahe erwischt worden wäre.

Eine Woche später gab es nichts mehr hinauszuschieben. Sie *musste* einkaufen gehen. Die Milch war praktisch aufgebraucht, die Äpfel bis auf einen, der langsam vor sich hinschrumpelte, verzehrt, und Wurst und Käse konnten auch allmählich eine Aufstockung gebrauchen. Also warf sie seufzend den alten grauen Mantel um, stülpte sich eine Mütze von gleicher Farbe über den Kopf, schlüpfte in die Schuhe, die so schön bequem waren und mit ihrem undefinierbaren Grau-Schwarz-Braun bestens zu dem tristen Winterwetter passten, und schnappte sich ihre Handtasche, die eher die Gebote der Nützlichkeit als die modischer Ästhetik erfüllte.
Plötzlich fiel ihr Blick in den Spiegel, blieb daran hängen und glitt an der trostlosen Gestalt herab, die er dort wahrnahm. *Meine Güte, siehst du aus. So alt bist du doch noch gar nicht.*
Habibs, nein, Herrn Sarifs sanfte Stimme klang in ihrem Inneren wieder: „Sie sind doch nicht alt." Sie hatte es damals als Höflichkeitsfloskel abgetan, was es sicher auch war. Aber war sie wirklich schon so alt, wie sie sich kleidete? Bedeutete Sparsamkeit, zu einem geschlechtsneutralen Wesen zu werden?
Sie riss sich entschlossen den ganzen alten Plunder vom Leibe und durchforstete erst einmal ihren Kleiderschrank. Der schöne rote Mantel, ja hier! Ob der ihr noch passte? Sie hielt einen Augenblick die Luft an, wie um Mut zu fassen, schlüpfte hinein und knöpfte zu. Na wunderbar! Wie angegossen! Ihre Laune verbesserte sich. Und jetzt die hochhackigen schwarzen Schuhe, die elegante Handtasche, die sie nur zu besonderen

Gelegenheiten trug ... Waren da nicht noch in irgendeiner Schublade die chicen schwarzen Handschuhe? Nein, hier nicht - aber da! Passen auch noch! Alles passt!
Sie drehte sich prüfend vor dem Spiegel.
Ein ordentliches Make-Up könntest du auch mal wieder gebrauchen.
Es war alles noch da. Und sie hatte noch immer ein Händchen dafür. Innerhalb von Minuten war sie fertig.
Ob er da sein wird?
Schlagartig entglitt ihr das optimistische Lächeln. Sie legte wie fröstelnd die Arme um ihren Oberkörper. *So etwas darfst du nicht denken, Hannah. So etwas darf einfach nicht passieren. Der Junge ist vielleicht Mitte Zwanzig, du bist Ende vierzig. Vergiss es.*
Plötzlich überkam sie eine Woge tiefster innerer Erschöpfung, so dass sie sich am Treppengeländer festhalten musste.
Du darfst so etwas nicht denken. Das muss völlig ausgeschlossen sein, hörst du?
Und dann: *Besser, du gehst gar nicht hin.*
Also zog Hannah Siegers ihre chicen Kleider wieder aus. Sie zog auch nicht ihre alten wieder an. Sie beschloss ganz einfach, dass sie noch genug zu essen hatte. Sie schminkte sich Hannah Siegers aus dem Gesicht (nicht ohne sich zu ermahnen, sie sehe aus wie eine ...), wurde wieder das Neutrum, das sie war - und blieb zu Hause.

Die Tage wurden immer finsterer und kälter. Dunkelheit legte sich wie ein Trauerschleier über die Natur. In den grauen Gassen, die selbst im Sommer nicht hell wurden, staute sich das Regenwasser, überflutete die Abwasserkanäle und drang in einem sprudelnden Schwall wieder nach oben. Sie stand an einem der undichten Fenster ihres großen alten Hauses, das an allen Enden bröckelte und in breiten Rissen auseinanderzubrechen zu schien, die sich niemand so recht erklären konnte. Sie hoffte, dass es noch so lange halten möge, bis sie tot sei, und eine Zeitlang hatte sie befürchtet, dass die alten Mauern nachts über ihr einbrechen und sie erschlagen könnten. Mit zunehmendem Alter allerdings hatte sie diese Angst verloren. Der Tod musste eine Ursache haben - warum also nicht diese? Sie fröstelte mit einem Mal, als sie unter dem Fenster hindurch der Luftzug traf.
Längst war sie nicht mehr Herrin im eigenen Haus. Seit ihre Eltern einer verhängnisvollen Fehlinvestition auf den Leim gegangen waren, war die ganze Familie zu Sklaven der Bank geworden. Natürlich war ein Prozess aussichtslos, eine Krähe hackte der anderen schließlich kein Auge aus. Erst recht wenn die Krähen durch eine gemeinsame Mitgliedschaft im Golfclub oder Freimaurerclübchen verbunden waren. Vor der zur Schau getragenen Humanität hatte echte Menschlichkeit keine Chance. Und schon gar nicht Gerechtigkeit.
Obgleich sie das Haus dem äußeren Schein nach behalten konnte, hatte sie es doch faktisch verloren. Über eine Hypothek hatte die Bank ihre gierigen Krallen auf

den gesamten Besitz gelegt, geduldig wartend, bis das Opfer schlachtreif wäre. War doch jetzt schon klar, dass sie die Hypothek niemals abzahlen könnte. Das einzige, was die Banker ein wenig, nun, nicht wirklich beunruhigte, aber doch zum Nachdenken brachte, war, dass sie die Erbin so schröpften, dass auch die Instandhaltung nicht mehr lange gewährleistet war. Die Kalkulation ergab dann allerdings, dass es besser war, jetzt abzusahnen, was man absahnen konnte, da niemand die Preisentwicklung der Zukunft unfehlbar einschätzen konnte. Durch die Zinseinnahmen wurden sie für eventuelle Verluste bei weitem entschädigt. Außerdem *hatte* die Dame ja noch etwas, wie man an dem schweren Goldschmuck sehen konnte, mit dem sie bei den Verhandlungen aufgetreten war... Und im schlimmsten Fall würde sich auch eine halbe Ruine immer noch gut genug verkaufen, als "Liebhaberobjekt".

Das Erbe auszuschlagen und fortzugehen, hatte sie sich nicht leisten können. Hier verdiente sie wenigstens etwas. In ihrem Alter eine neue Existenz aufzubauen, mit den minimalen Ersparnissen, die sie hatte, konnte sie vergessen.

Also war sie so stolz und würdevoll wie möglich zu den Verhandlungen gegangen, zu diesen Räubern, deren falsches Lächeln ihr wie das Zähnefletschen von Haien vorkam, bevor sie ihr Opfer in Stücke rissen. Sie war in einem ihrer elegantesten Kostüme aufgetreten, angetan mit dem schweren Schmuck aus besseren Zeiten, der schon die Begehrlichkeit so vieler geweckt hatte. Mit einem Gefühl der Verachtung unter freundlichem Lächeln registrierte sie die in ihrer Unverblümtheit geradezu obszöne Gier der Banker, die ihren Schmuck mit Blicken verschlangen und in deren Augen die ebenso atem- wie schamlose Frage stand, wie viel es da *noch* zu holen gebe. Die Gier lohnte sich nicht, sie hatte nur noch diese wenigen Stücke, die sie immer anlegte, um nach außen zu signalisieren, dass "alles in Ordnung" sei.

Anfangs hatte sie sich damit getröstet, irgendwann das Haus zu verkaufen und mit dem kläglichen Rest, der, wenn alles gut ging, nach Abzahlung der Hypothek bliebe, ein neues Leben anzufangen. Doch auch das hatte sich in Luft aufgelöst. Heute wusste sie, dass sie nie mehr ein neues Leben anfangen würde. Das alte würde ungelebt zu Ende gehen. Bis dahin müssten ihre Einkünfte reichen - für die Krankenversicherung, die Rentenversicherung und die Hypothek. Eine dringend benötigte Aufstockung der Pflegeversicherung war ausgeschlossen. Doch schon jetzt stand für sie fest, dass sie niemand pflegen müsste, wenn es soweit wäre.

Durch die ständige Überlastung befand sich ihr Konto seit Jahren in einem chronischen Soll. Nach und nach verscherbelte sie alles, um das Minus wenigstens so niedrig zu halten, dass sie nicht auch noch dafür Zinsen zahlen musste.

Geheiratet hatte sie nie. Sie war kein Mensch, den irgendjemand geheiratet hätte. Eine Zeitlang hatten sich die Leute deswegen das Maul über sie zerrissen, aber auch das hatte aufgehört. Früher wurde sie verachtet, heute schlicht nicht mehr beachtet. Sie war unsichtbar geworden. Wenigstens in dieser Hinsicht hatte sich etwas verbessert.

Sie atmete tief durch und wandte sich vom Fenster ab. Sie ließ ihren Blick durch die immer düsterer werdenden Räume schweifen. Wie lange würde sie noch hierbleiben können? Wie lange würde das Geld noch reichen? Die Einkünfte gingen spürbar zurück, in Anbetracht der allgemeinen Wirtschaftskrise.

Oft hatte sie von Menschen gehört und gelesen, die durch den Druck der raffgierigen Banken in den Selbstmord getrieben wurden.

Wie lange würden sie bei ihr brauchen?

Die reichen Kunden, die durch ihr Haus trampelten, wechselten spöttische Blicke und mokierten sich ungeniert über den immer deutlicheren Verfall. Immer penetranter und unverschämter wurden sie. Ihren Stolz niederkämpfend, hatte sie sie gebeten, ihr zu helfen. Sie war durch Betrug, nicht durch eigenes Zutun in Not geraten, das war bekannt. Sie brauchte eine Stelle oder Aufträge, am besten beides, und das möglichst schnell. Sie hatte Beziehungen, oh ja. Sie hatte auch in mehr als 20 Jahren unter Beweis gestellt, dass sie gut in ihrem Job war. Sie war zu fast jeder Tag- und Nachtzeit für ihre Klienten dagewesen, hatte bei eiligen Übersetzungen ebenso wie bei Familienproblemen geholfen, obwohl das nicht einmal ihre Aufgabe gewesen war. Man hatte es gerne angenommen, häufig als selbstverständlichen "Service", was gleichbedeutend war mit "kostenlos".

Sie grinste, als sie daran zurückdachte. An den fetten, aufgeblasenen Politiker einer Partei, die sich angeblich für das Wohl des arbeitenden Menschen einsetzte. Durch Zufall war herausgekommen, dass er sich dank Vitamin B und ausgeprägter Vetternwirtschaft sechs Stellen mit entsprechenden Bombengehältern unter den Nagel gerissen hatte. Weil er dem weder zeitlich noch intellektuell gewachsen war, ließ er sich hinten und vorne beraten und verkaufte dann das, was man ihm vorgekaut hatte, als eigene Geistesblitze. Und da ein großer Mann wie er es nicht mehr nötig hatte, die Regeln der Höflichkeit zu beachten, gebärdete er sich wie ein Gorilla im Urwald.
Seine Frau, unter deren Tisch er saß, behandelte ihn so, wie er mit anderen umging. Die Frau Politikersgattin, passenderweise Bankerin von Beruf und ihrem Mann an Körperfülle mindestens gleichkommend, trug indes ebenfalls dem niedrigen Status des "einfachen Bürgers" Rechnung, der in dem Augenblick zum verachtenswerten Untermenschen absinkt, wenn er Politiker mit seiner Stimme an die Macht gebracht hat.
Der "rote" Arbeitnehmervertreter begann sich glänzend mit dem "blutsaugenden" Arbeitgeber zu verstehen, als klar wurde, dass man einander zu Macht und noch mehr Geld verhelfen konnte. Unter ihren Augen versicherte der "Rote" dem "Schwarz-Gelben", der ohnehin schon aus allen finanziellen Nähten platzte, er werde ihm zu einer tollen Stelle verhelfen. Alle diese Leute kamen ursprünglich aus einfachsten Verhältnissen, aus dem, was man früher als "Arbeiter und Bauern" be-

zeichnete. Nun waren sie die neue Elite und blickten voller Verachtung auf das "einfache Volk" herab. Ihre Qualifikation war ja auch in der Tat mehr als überzeugend: ohne zu ermüden, konnten sie ganze Tage und Nächte saufen, fressen und ficken - voller Aufopferung für Volk, Vaterland und Karriere. Der Arbeitgeber legte sich besonders ins Zeug: er schlüpfte auf einschlägigen Partys in Frauenkleider und bot sich den ihrerseits das Geschlecht vertauschenden Mitstreitern als Hure dar. Sie erinnerte sich noch an jenen Tag, an dem er bei ihr erschien, in höchster Besorgnis, weil seine Blutwerte "durcheinandergeraten" waren. Er hatte sich eine rätselhafte Krankheit eingefangen, über die "man" nicht sprach und die seltsamerweise außer ihm noch einen anderen Kumpel befallen hatte. Sein Arzt hatte ihm dezent mitgeteilt, dass er da wohl der falschen Person etwas zu nahe gekommen sei…

Doch das war alles kein Problem, so lange sich die Kasse immer weiter füllte. Der Arbeitnehmervertreter opferte bereitwillig die Arbeitnehmer, die ihn gewählt hatten, der Arbeitgeber gefährdete nicht nur seine Gesundheit, was vernachlässigbar gewesen wäre, sondern auch die seiner Familie.

Sie schrieb Bewerbungen und Angebote, ohne den geringsten Erfolg. Sie lächelte ihre Verachtung weg und ließ die Leute durch ihre Wohnung trampeln, die sie in ihrem tiefsten Innern nur noch als "Gesindel" bezeichnete. Irgendwann kam heraus, dass sie es gewagt hatte, Politiker öffentlich zu kritisieren, die in Korruption und Menschenhandel verstrickt waren. Von da an war sie

endgültig geächtet, und zwar so gründlich, dass sie sich überlegte, ob sich da nicht vielleicht der eine oder andere den gewissen Kreisen über das normale Maß hinaus verbunden fühlte…
Sie wurde geschlossen boykottiert.
Nun endlich ließen sie ihre Masken fallen, die sie so lange und immer mühsamer gewahrt hatten. Schon längst war ihr die Falschheit des Lächelns aufgefallen. An ihrem Geburtstag, den sie sich zu verheimlichen bemüht hatte, waren ihr die Damen einschließlich der Politikersgattin mit albernen Küsschen um den Hals gefallen, und sie spürte, dass ihnen das Theater genauso schwerfiel wie ihr selbst. Als es ihr gut gegangen war, hatten sie sie beneidet, obwohl es ihr niemals besser gegangen war als ihnen selbst. Ein gefährlicher, tödlicher Neid. Sie hatten einen guten Grund, weshalb sie ihr nicht halfen: sie gönnten ihr das Unglück nicht nur, sie brauchten es, weil es ihnen das Gefühl der Überlegenheit gab, das ihnen in ihrer Gegenwart entglitt.

Heizen wurde zum Luxus. Sie, die früher immer verfroren gewesen war, gewöhnte sich allmählich an die Kälte. Früher konnten die Leute schließlich auch nur die "gute Stube" heizen. Und wenn sie erst einmal so weit war, dass sie auf der Straße leben müsste… Es war gut, wenn sie sich frühzeitig daran gewöhnte. An den Gedanken - und an die Kälte.
Man brauchte nicht viel zu essen. Das war auch etwas, woran sie sich zu gewöhnen hatte. Irgendwann würde

sich ihr Figurproblem auf diese Weise von selbst lösen. Man konnte gar nicht früh genug damit anfangen. Der einzige Luxus, den sie sich bisher noch leistete, war ihr Seelentröster, ihre geliebte Schokolade, was man ihr nach ihrer eigenen Überzeugung auch ansah. In Wirklichkeit kaschierten die paar Pfunde, die auf das Konto von Pralinen und Co. gingen, lediglich ihre zunehmend verhärmte Gestalt. Da sie höchst bedauerlicherweise an den falschen Stellen zunahm, geriet ihre Taille etwas aus der Form und die eleganten Kleider bekamen zunehmend Schwierigkeiten, über die Hüften zu rutschen. Da das Geld für modische, aber kostspielige Neuanschaffungen nicht reichte, musste am Essen gespart werden. So einfach war das.

Gleichfalls auf dem Sparplan standen Licht und Heizung. Beides schaltete sie erst dann ein, wenn es wirklich nicht mehr anders ging. Ja, ihre Situation war mehr als besorgniserregend, aber da war noch etwas anderes, worüber sie sich keine Illusionen machte.
Das Sparen war ein Psychotrick, mit dem sie sich zwang, sich von einem Leben zu verabschieden, vor dem sie Angst bekam, mehr denn je. Denn besonders rigoros sparte sie in den letzten Wochen, nachdem sie sich endgültig von Hannah Siegers verabschiedet hatte. Sie wusste, dass sie an einer Sozialphobie litt. Sie konnte Menschen nicht mehr ertragen. Allergisch gegen Menschen, wenn man so wollte.
Das Sparen war ein Argument dafür, nicht auszugehen. Nicht Menschen begegnen, mit ihnen sprechen, sie an

sich heranlassen zu müssen. Es war ein Schutz vor einer erneuten Verletzung. Eher konnte sie sich vorstellen, zu verhungern und zu verdursten, als sich wieder und wieder verletzen zu lassen. Die inneren Wunden, die sie im Laufe ihres Lebens empfangen hatte, waren nie verheilt. Immer wieder entzündeten sie sich, schwollen an wie Eiterbeulen, brachen auf und infizierten ihr ganzes Inneres mit ihrer Pest. Das Sparen bewahrte sie davor, sich der grausamen Realität zu stellen. Doch es schützte sie nicht nur, es schwächte sie auch. Es nahm ihr die Freude. Vernichtete ihre Identität, dörrte ihre Seele aus. Und irgendwann, so stellte sie ganz ruhig fest, würde es ihr das Leben nehmen.

Es war ein Selbstmord auf Raten.

Jetzt war es fast vollständig dunkel. Noch ein bisschen, dann würde sie das Licht einschalten. Und noch ein bisschen länger, dann vielleicht auch die Heizung. Sie ließ das Fenster und damit den letzten Rest von Tageslicht hinter sich, tastete sich in den Raum zurück und blickte um sich. Die Umrisse der Sessel im Wohnzimmer, der Stühle im Esszimmer. Letzte Zeugen einer großen Familie, die Schritt für Schritt ausgelöscht worden war. Ihre kalten Hände strichen zärtlich über die liebgewordenen, einstmals teuren und nun zerschlissenen Möbel, die sich wie Tote in ihren Gräbern aufzulösen schienen.
In der Dunkelheit traten ihr die fröhlichen Bilder wieder vor Augen. Es gab immer etwas zu feiern. Und

dann reichten die Sitzgelegenheiten hinten und vorne nicht. Verschiedene Sorten von Kuchen und Torte. Der duftende heiße Kaffee. Das Schwatzen und Lachen, das Getratsche über Leute, die sie nicht mal dem Namen nach kannte. Onkels Witze, die zwar nicht gerade einen Intelligenzwettbewerb, dafür aber mit Sicherheit den ersten Preis für die zuverlässigste Stimmungskanone gewonnen hätten.
Es war warm und hell gewesen. Und laut.
Sie lächelte. Im gleichen Augenblick, als sie sich wieder ihrer selbst bewusst wurde, erloschen die Bilder.
Ein Märchen fiel ihr ein. Das Mädchen mit den Zündhölzern. So lange die Zündhölzer brennen, sind da Wärme und Licht. Dann sind die Toten lebendig und Erinnerungen können ins Leben zurückgeholt werden. Doch wenn die Zündhölzer ausgehen und der Vorrat erlischt, dann kommen die Gespenster und bringen Kälte und Tod.

Sie hätte ewig so stehen können, mit den klammen Fingern auf den fadenscheinigen Möbeln, in stiller Zwiesprache mit ihren Toten. Sie fürchtete sich davor, das elektrische Licht einzuschalten, das so kalt war, kälter als die Dunkelheit, in der sie das warme Licht ihrer Erinnerungen wahrnehmen konnte. Verzweifelt mühte sie sich, noch ein Zündholz in einem längst vergessenen Winkel ihrer Seele zu finden, um ein letztes Feuer zu entzünden, eine letztes Flämmchen - doch vergebens. Sie blieb allein in der Dunkelheit. Die Gespenster kamen wieder. Rasch stolperte sie zum Licht-

schalter und erschrak, als das grelle Licht sie umflutete. Als sie endlich im Bett lag, kam das Weinen über sie. Nach Monaten, nein, Jahren stiller Verzweiflung. Irgendwann gegen Morgen schlief sie ein. Da war es ihr, als ginge sie eine verschneite Straße entlang. Doch der Schnee war nicht sauber, sondern schmutziger Matsch, der ihren Schritt behinderte. Ständig musste sie aufpassen, nicht auszurutschen. Und als sie näher hinschaute, erkannte sie, dass der Schnee in Wirklichkeit ein schmutziges, zerschlissenes Leichentuch war, das sich wie eine Falle um ihre Füße legte.
Erschrocken hielt sie inne, als sie ihren Namen rufen hörte: "Hannah!" Und noch einmal: "Hannah!" Sie blickte auf und sah ein Mädchen vor sich stehen. In seinen beiden Händen trug es Zündhölzer.
„Ich bin das Mädchen mit den Zündhölzern, das du so oft gerufen hast. Hier, nimm sie, sie sollen dir gehören. Sie beleuchten den Weg in die Zukunft, nicht in die Vergangenheit. Wer nur auf das Vergangene sieht, verlernt das Leben. So lange du lebst, hast du eine Zukunft, und du bist verpflichtet, sie wahrzunehmen. Jeder Mensch hat eine Aufgabe, einen Sinn im Leben, den er aber nur findet, wenn er ihn aufrichtig sucht. Erst in der Todesstunde verschmelzen Vergangenheit, Gegenwart und Zukunft in eins. Bis es soweit ist, lass die Toten ruhen und begib dich nicht in ihr Reich! Umso eher wirst auch du Ruhe finden."
Sie erwachte und blickte auf ihre Hände, die halb geschlossen waren, als hätten sie etwas unendlich Kostbares empfangen. Und vorsichtig, als fürchte sie, dieses

Kostbare zu verlieren, schloss sie sie und führte sie zum Herzen.
Sogleich fühlte sie sich besser. Stärke und Zuversicht breiteten sich in ihr aus wie ein geheimnisvolles Licht. Sie würde aufstehen, eine erfrischende Dusche nehmen, sich frisieren, schminken und ankleiden. Dann würde sie einkaufen gehen, mitten in den wildesten Trubel, versteht sich. Und ordentlich essen würde sie auch mal wieder…
Sie zog den roten Mantel an, schlüpfte in die hohen Stöckelschuhe und schnappte sich die elegante Handtasche. Ein lustiges Hütchen war die Krönung. Der Mantel würde etwas zu dünn sein und die Schuhe zu unbequem, aber was spielte das für eine Rolle, wenn man gerade neu geboren war?
Als sie nach Wochen die Haustür zum ersten Mal wieder öffnete und ein kalter Windstoß sie traf, fuhr sie kurz zusammen. Dann streckte sie dem Wind mutig das Gesicht entgegen und atmete tief durch. „Der Gefangene verlässt sein selbstgebautes Gefängnis", dachte sie schmunzelnd.
Sie würde sich dem Leben stellen, auch wenn es sie Überwindung kostete. Sie würde kämpfen.
Als erstes ging sie, ihrem Hungergefühl folgend, in die Lebensmittelabteilung. Die Leute waren alle so freundlich zu ihr, dass sie nur noch staunen konnte. Wildfremde Menschen lächelten sie an. Sie bekam auch keine Attacke, nicht einmal einen Anflug davon.
Als wäre sie verwandelt.
Gespannt ging sie zur Kasse. Und siehe da… Habib

Sarif lächelte ihr bereits entgegen, als sie noch in der Schlange stand. Sie war die letzte. Sie begrüßten sich fröhlich. „Hannah! Oh, Entschuldigung, darf ich Sie überhaupt noch so nennen?"
„Natürlich dürfen Sie, kein Problem."
„Ich hatte den Eindruck, dass es Ihnen nicht ganz recht war -"
Sie lächelte. „Vergessen Sie das. Das war in einem - anderen Leben."
„Ich habe Sie schon vermisst. Wo waren Sie die ganze Zeit? Waren Sie krank?"
Sie wollte verneinen. Aber vielleicht war sie das wirklich gewesen: krank. Sie schüttelte den Kopf: "Nur ein - Schnupfen."
Er musterte sie kurz, aber eingehend mit seinem Medizinerblick. Kein Zweifel, sie wirkte ausgesprochen erfrischt. Warum fiel ihm eigentlich erst jetzt auf, wie mädchenhaft sie war? Das halblange Haar fiel ihr in großen dunkelblonden Locken auf die Schultern, die im Licht rötlich glühten wie edles Mahagoni. Sie war ausgesprochen attraktiv.
Erleichtert nickte er.
„Gott sei Dank. Ich habe mir schon Sorgen gemacht."
Es klang aufrichtig. Und warmherzig.
Sie blinzelte ihm spitzbübisch zu. „Keine Sorge. Ich bin Hannah Siegers - und die ist unverwüstlich."
Er lachte. „Ja, ich sehe es. Hannah Siegers, die Siegerin. Sie schauen übrigens ganz phantastisch heute aus. Überhaupt kein Vergleich zum vorigen Mal. Was ist passiert? Sie leuchten ja regelrecht von innen heraus!"

Hannah starrte ihn überrascht an. Also merkten es auch andere. Sie hatte sich selbst wiedergefunden. Sie war auferstanden.

Mit einem kleinen, stillen Lächeln beschloss sie, ihr Geheimnis für sich zu bewahren: *Ich bin Hannah Siegers. Das Mädchen mit den Zündhölzern...*

Sie trafen sich von nun an öfter, auch privat. Hannah Siegers und ihr "Lebenswandel" begannen wieder in der Kleinstadt zum Gesprächsthema zu werden. Besonders die alten und alternden Damen, bei denen der schöne fremdländische Student („*Wo* kommt der noch mal her?" „Ist das nicht da in der Nähe?") in einem kruden Durcheinander von spanischer Stierkampf- und Flamenco-Romantik und dem Zauber des Orients sämtliche verbotenen Phantasien auslöste, zerrissen sich die Mäuler um die Wette und kommentierten das, was sie wussten und zu wissen glaubten, so lange und kreativ, bis ein wildes Gebräu von Ausschweifungen, Orgien und Exzessen in dem Dampftopf der Gerüchteküche vor sich hin brodelte. Selbst zur Geschäftsleitung des Kaufhauses war die Kunde vorgedrungen, wo man sich - natürlich nur hinter vorgehaltener Hand und streng vertraulich - über die Dauererregung der Hinterwäldlerinnen lustig machte. Die bescherten nämlich dem Kaufhaus ungeahnte Einnahmen, die man in der Wirtschaftskrise nur allzu gut gebrauchen konnte. Schließlich gab es keine im Städtchen, die nicht schon in der Lebensmittelabteilung gekauft hätte, möglichst viel, versteht sich, um einen eingehenden Blick auf das wundersame Exemplar an der Kasse werfen zu können - und mit ihm so manchen eindeutig zweideutigen Blick zu tauschen. Sarif selbst registrierte die Aufregung mit einem zufriedenen Schmunzeln. Wenn seine Praxis eines Tages genauso laufen würde - kein Problem. Und er bedachte jede seiner potentiellen Patientinnen mit einem Lächeln, das die Damen schlicht high machte. Flirten lag ihm, besonders mit Frauen, die sehr viel älter und möglichst auch wohlhabender waren als er selbst. Alleinstehend oder von ihren Männern vernachlässigt, waren sie so ausgehungert nach ein bisschen Zuwendung, dass sie schon für Träume dankbar waren.

Man konnte nie wissen, was die Zukunft brachte und wo sie ihn hinstellen würde. Er würde Patientinnen, Förderinnen oder eine Schwiegermutter brauchen. Oder auch eine Ehefrau. Habib war kein schlechter Mensch. Er träumte davon, Arzt zu werden. Er war hochintelligent, von rascher Auffassungsgabe, sprach mehrere Sprachen und würde, wenn er als gemachter Mann in seine Heimat zurückkehrte, zur Oberschicht gehören. Aber er kam aus einer Familie mit zehn Kindern, die in einem Dorf lebten. Dort hatte er das hässliche Gesicht der Armut kennengelernt. Es verfolgte ihn bis in seine Träume. Wer arm war, war ausgeliefert. Gerechtigkeit gab es nur für die, die zahlen konnten.

Sie wussten ja hier alle nicht, was das war - Armut, dachte Habib müde, als er seine Unternehmenskluft auszog. Sein schönes Gesicht wurde hart.

Er hatte sie kennengelernt, die Armut. Und er wollte

nie wieder darin leben. Nie wieder. Koste es, was es wolle.

Hannahs Haus stand von nun an unter steter Beobachtung, bei Tag und vor allem in der Nacht. Die ebenso eifrigen wie eifersüchtigen Damen ließen sich nicht dadurch aus dem Konzept bringen, dass nachts schlicht und ergreifend gar nichts passierte. Irgendwann müsste "es" ja mal passieren. Wenn nicht jetzt, dann morgen oder übermorgen. Sie würden es sich auf keinen Fall entgehen lassen. Um das zu gewährleisten, hatten sie unter sich einen Alarmservice eingerichtet, der je nach Entfernung hinter den Gardinen hängend oder mit Fernglas jede Bewegung in der Tulpenstraße 23 registrierte. Wichtige Meldungen wie „sie verlässt das Haus - aufgetakelt!" oder - was viel wichtiger war – „sein Auto ist vorgefahren!!!" wurden per Telefon an die Zentrale weitergegeben, die dafür sorgte, dass die ganze Stadt auf dem Laufenden gehalten wurde.
Es war eine schöne, eine verrückte Zeit, voller explodierender Lebensfreude. Fast gegen seinen Willen war Habib fasziniert von der unkonventionellen Frau, die in jeder Hinsicht ihren eigenen Weg ging und vor Unternehmenslust überschäumte. Trotzdem war noch immer eine unsichtbare Barriere zwischen ihnen, die ihn davon abhielt, sein Verführungsprogramm abzuspulen. Diese Frau war anders als die anderen und man musste vorsichtig sein. Außerdem gab es etwas, das ihn warnte. Erst musste er sich einer bestimmten Sache vergewissern und dann…

Eines Abends, als Habib bei ihr war, sah Hannah aus dem Küchenfenster, während sie den Kaffee kochte - und ihr Blick begegnete unwillkürlich dem der Nachbarin von gegenüber, die sie ohne die geringste Scheu beäugte. Hannah schüttelte den Kopf und lachte. Eine kleine, enge Welt war das hier. Aber ihr Herz war weit geworden, und das genügte. Zum ersten Mal seit - ja, wie lange eigentlich? Jahren, Jahrzehnten? fühlte sie sich wieder richtig gut. In sich ruhend, ausgeglichen. Das war das, was den anderen fehlte. Sollten sie nur neidisch sein.
„Sie beobachten uns, nicht wahr?", hörte sie Habibs leise Stimme hinter sich.
Wie ertappt fuhr sie herum. Er stand direkt vor ihr. Etwas zu nah für ihren Geschmack. Aber in ihrem Alter... Trotzdem wich sie instinktiv ein wenig zurück, bis sie die Kante des Küchentischs in ihrem Rückgrat spürte.
„Das - das ist - ganz normal - für so ein Dorf", stammelte sie und kam sich geradezu idiotisch dabei vor.
Benimm dich nicht so blöd. Du bist kein Teenager mehr. Und dieser Bursche da könnte dein Sohn sein, verflixt noch mal.
Er lächelte, und in seinen Augen stand mit einem Mal etwas, das vorher nicht dagewesen war. Nachsichtigkeit. Und ja: Überlegenheit. Der Blick eines Mannes, der wusste, dass er kurz vor seinem Ziel stand. Eines erfahrenen Jägers...
Zwanzig Jahre älter! Mindestens!
Zwei Stimmen stritten in ihrem Unterbewusstsein: die

eine, die sie fast schreiend auf ihr Alter hinwies. Und die andere, verführerische, die flüsterte: *Warum eigentlich nicht? Was sind schon zwanzig Jahre? Gerade erfolgreiche Frauen nehmen sich jüngere Männer. Das hat immerhin die Wissenschaft bewiesen. Und was ist denn schon ein kleiner Flirt...*
Er war ihr so nah, dass sie sich fast berührten. Sie konnte seinen Atem spüren. Sie widerstand der gegensätzlichen Versuchung, ihn zurückzustoßen und zu kapitulieren. Oh Gott, sie begehrte ihn...
„Wir sollten vielleicht den Rolladen schließen", sagte er sanft. In ihren Ohren rauschte das Blut - lag es daran, dass sie seine Stimme so nah und zugleich weit entfernt hörte? Gehorsam drehte sie sich um und ließ den Rolladen herab. Die Nachbarin musste zwischenzeitlich Stielaugen bekommen haben, dachte sie kurz und ein kleines bisschen schadenfroh. Als der Laden fast unten angekommen war, griff er in den Gurt und ließ ihn gemeinsam mit ihr herab. Ihre Hände trafen sich. „Lassen Sie uns noch die anderen schließen", flüsterte er ihr ins Ohr. Sein heißer Atem kitzelte sie, sodass sie vor Erregung erschauerte. Ihre Körper berührten sich leicht, gefährlich, widerstanden dem Begehren, das sie überflutete. Warum noch die anderen schließen? Sie wusste nur eines: dass sie ihn wollte, jetzt und hier, auf dem Küchenboden, wenn es sein musste, und es musste sein, oh, ja, es musste sein...
Er ließ den Gurt los, und seine Finger streiften dabei wie zufällig ihren Unterarm.
„Kommen Sie!" Er sagte es sanft, ein aufmunterndes

Lächeln auf den Lippen. Und doch klang es wie ein Befehl. Hannah unterdrückte das bittere Gefühl, das in ihr aufstieg. Während sie noch dabei war, von den Wogen der Erregung herunterzukommen, schien er bemerkenswert rasch wieder in der Realität gelandet zu sein. Als könne er ihre Gedanken lesen, streckte er einladend die Hand aus und wiederholte mit einem zärtlich-verschwörerischen Flüstern: „Kommen Sie."
Sie gab ihm nach, wie sie ihm in allem nachgegeben hätte, bereit zu tun, was er wollte. Er folgte ihr durch die Zimmer, durch alle Zimmer, aber die Situation wurde nie wieder so intim wie in der Küche. Er schloss den Laden im Wohnzimmer, während sie im Esszimmer zugange war, danach folgte er ihr nur wie ein Hündchen durch all die anderen Räume. Das warnende Gefühl kam wieder, und unwillkürlich beobachtete sie ihn im Fensterglas. Eindeutig: er sah sich um. Wie damals bei ihrer ersten Begegnung an der Kasse, als sie sich von ihm taxiert gefühlt hatte.
Ihr Herz krampfte sich zusammen. *Bitte nicht, lieber Gott. Bitte nicht.*
Das Schlafzimmer mit dem großen Doppelbett hätte sie gerne allein absolviert, doch da sie nicht unhöflich sein wollte, ließ sie ihn mitkommen. Wie zufällig ließ sie ihren Blick in den großen Spiegel fallen und erschrak: aus seinem schönen Gesicht war alle Zärtlichkeit und Wärme dem Ausdruck frostiger Berechnung gewichen. Intelligente, kalte Augen, die jedes Detail registrierten.
Hannah beschloss, die obere Etage zu "vergessen". Er sah sie überrascht an, und wieder umspielte das warme

Lächeln seinen Mund, der seine Lippen so sensibel wirken ließ. Einen Augenblick durchzuckte sie die Hoffnung, sich vielleicht doch getäuscht zu haben.
„Ist da oben nicht noch eine Etage?" Es klang sehr klar, fast fordernd. Und es machte sie wütend. „Das werde ich nachher erledigen", entgegnete sie bestimmter, als sie gewollt hatte. Er sah sie prüfend an, um dann betont gleichgültig zu versichern: „In Ordnung, kein Problem."
Wir sind beide gute Schauspieler, dachte sie. *Und wir merken beide, dass der andere falschspielt.*
„Sie haben ein sehr großes Haus", meinte er, als sie sich wieder im Wohnzimmer niederließen. Sie schluckte. Ja, sie hatte ein sehr großes Haus, selbst für deutsche Verhältnisse. Eine Villa. Die an allen Ecken und Enden bröckelte. Und längst nicht mehr ihr gehörte.
„Ein sehr schönes Haus", fügte er schmeichelnd hinzu.
„Danke."
„Haben Sie Kinder?"
„Nein, leider nicht."
„Waren Sie mal verheiratet?"
Sie zuckte zusammen. Diese Art von Fragen hasste sie wie die Pest. Zu oft hatten sie dazu gedient, ihr Unfähigkeit und Versagen nachzuweisen. „Ähm, nein, nicht wirklich..."
Er sah sie überrascht an. *Mit anderen Worten: nein.*
„Haben Sie nie daran gedacht, zu heiraten?"
Jetzt nervte er aber wirklich. „Das ist eine sehr persönliche Angelegenheit", erwiderte sie höflich und drehte den Spieß um: „Und was ist mit Ihnen?" Das saß. Ihre

Augen blitzten vor Genugtuung, als sie sah, wie er den Blick niederschlug.
Habib Sarif atmete tief durch, bevor er antwortete. „Wissen Sie, das ist nicht so einfach, wenn man auswandert und noch studiert. Ich will auch nicht irgendeine Frau heiraten. Ein bisschen muss man schon darauf achten ... wie soll ich sagen... mit wem man sich zusammentut." Hannah nickte. Das klang einleuchtend. Doch er war noch nicht fertig. „Bei einer Eheschließung heiratet man auch die Familie mit. Die Lebensumstände. Das - soziale Umfeld. Da muss man sehr vorsichtig sein. Verstehen Sie, was ich meine? Entschuldigen Sie, mein Deutsch ist nicht so - "
„Doch, doch, ich verstehe. Ihr Deutsch ist übrigens sehr gut."
„Oh, danke!" Nicht zu glauben, er errötete. So ganz abgebrüht schien er doch noch nicht zu sein. Sie lächelte ihn an. Wenn sie sich doch nur geirrt hätte...
„Wenn man", fuhr er fort, „jemanden heiratet, der, sagen wir, in schwierigen Verhältnissen lebt, dann rutscht man selbst ab. So etwas darf auf keinen Fall passieren, sonst ruiniert man sich das Leben. Armut und schlechte soziale Verhältnisse sind wie eine Krankheit. Wenn man ihnen zu nahe kommt, infiziert man sich. Ich weiß, es klingt hart. Aber Armut ist ansteckend. Und daher muss man sich von Armen fernhalten."
Hannah nickte geistesabwesend. *Und daher muss man sich von Armen fernhalten.* Sie fröstelte. Jener Augenblick, in dem sie seine Wärme gespürt hatte, die sie fast in Raserei versetzte, erschien ihr unbeschreiblich weit,

als hätte er nie existiert.

Irgendwie schaffte sie es, ihn zur Haustür zu bringen und zu verabschieden. Ihm war ihre Veränderung nicht entgangen, und besorgt betrachtete er sie mit seinem durchdringenden Medizinerblick. Er schien etwas zu ahnen. Irrte sie sich, wenn es ihr schien, als läge eine wachsame Kälte in diesem Blick, als stünde sie vor einem Tribunal? Etwas Erkennendes, Lauerndes?

Sie hatte diesen Augenblick gefürchtet, in dem sie sich eingestehen müsste, dass alle diese demonstrative Sympathie und zur Schau getragene Hilfsbereitschaft nichts anderes war als eine Ansammlung materieller Interessen, die sie nicht befriedigen konnte.

„Hannah, ich hoffe, ich habe nichts Falsches gesagt. Sie wissen doch, mein Deutsch…"

„Nein, nein", beschwichtigte sie kraftlos, "es ist alles in Ordnung. Machen Sie sich keine Sorgen, ich habe Sie schon richtig verstanden." *Worauf du dich verlassen kannst.*

Bevor er ging, wandte er sich noch einmal um. "Hannah?"

„Ja?"

„Wir sehen uns doch wieder, oder?" Ein ängstlicher kleiner Junge. "Ich mag Sie sehr, das müssen Sie mir glauben. Ich habe großen Respekt vor Ihnen."

Gerade noch rechtzeitig unterdrückte sie ein bitteres, geringschätziges Lächeln. *Respekt, nicht Liebe. Das Schicksal aller alten Frauen. Aller armen Frauen.*

Mit demonstrativer Fröhlichkeit blickte sie ihm tapfer in die Augen, in diese schönen, schwarz-samtenen Au-

gen, die sie so sehr - nein, sie unterdrückte dieses Wort. "Liebte". Das passte nicht. Die sie so sehr - ja, was denn eigentlich? Was war das heute in der Küche gewesen, als sie beinahe - Sie biss sich auf die Lippen, als hätte sie den Gedanken ausgesprochen.
Sie schob ihn energisch hinaus. „Also dann, bis - "
morgen? Nein. Irgendwann. Nie.
„Später!" Ja, bis später, das klang so schön neutral.
Er winkte, und sie winkte zurück. *Lebewohl.*

Habib Sarif wusste noch nicht alles, aber was er gesehen hatte, genügte ihm. Die Indizien sprachen für sich. Hannah Siegers war vielleicht noch nicht arm, aber zumindest befand sie sich in schwierigen finanziellen Verhältnissen. Das Haus war marode, die Teppiche verschlissen, der Garten zugewuchert und über allem lag der Hauch von Verfall und Niedergang. Er atmete tief durch, als er wieder an der frischen Luft und weit entfernt von der alten Villa war. Wie eine Grabkammer erschien sie ihm. Dass dort ein Mensch leben konnte… Aber ohnehin kam ihm die Frau vor wie eine lebende Tote. Selbst sie war von dieser gespenstischen Atmosphäre durchdrungen. Mit Hannah Siegers würde er nur seine Zeit verschwenden. Längst hatte er registriert, dass sie völlig vereinsamt und isoliert war, dass niemand mit ihr zu tun haben wollte. Sie konnte ihm keine Beziehungen bieten, die er so dringend brauchte. Das Leben war keine Wohlfahrtsveranstaltung, und Nächstenliebe musste man sich leisten können. Er konnte es nicht. Der Form halber hatte er so getan, als legte er weiter Wert auf den Kontakt. Man konnte ja nie wissen, mit wem sie sich vielleicht doch noch austauschte - über ihn. Er hatte sich mit Anstand aus der Affäre gezogen, unnützen Ballast abgeworfen. Nun würde er sich eine andere suchen. Und im gleichen Augenblick war Hannah Siegers vergessen.

Auf schier unerklärliche Weise war das Städtchen bereits am nächsten Tag von der Angelegenheit unterrichtet, deren offizielle Lesart wie folgt lautete: die stolze, die eingebildete, die arrogante Hannah Siegers, die glaubte, etwas Besseres zu sein, war bei dem Versuch, einen attraktiven, aufstrebenden jungen Mann zu belästigen, auf die Schnauze gefallen. Kollektives Kopfschütteln. Glaubte dieser alte Besen denn tatsächlich…
Die Damen von Tennisclub, Golfclub und Kaffeekränzchen waren sich einig, dass dieses unverschämte Weibsbild endlich seine gerechte Strafe erhalten hatte. Habib Sarif wurde nun noch populärer. Dankbar gefeiert wie ein lang ersehnter Befreier zog er in sämtlichen Clubs ein, erfreute sich mannigfacher Einladungen, wurde auf Partys herumgereicht und gehörte bald zu den besten Kreisen. Natürlich musste er nicht mehr als Kassierer jobben. Zumal es die Männer nicht kümmerte, dass er ihre Frauen vögelte, denn so hatten sie die Hände frei für ihre Geliebten.

Hannah dagegen war endgültig geächtet. Es war, als hätte sie das Leben, das sie in den letzten Wochen und Monaten so verwöhnt hatte, mit einem Schlag fallen gelassen, um nun mit höhnischem Grinsen die Begleichung der Rechnung zu fordern. Finsternis und Einsamkeit kehrten wieder bei ihr ein.

Sie schleppte sich mühsam zu den wenigen Terminen, die sie noch bekam und kassierte die paar Euro, die man ihr zuwarf wie ein Almosen. Es half ihr nicht viel, dass sie versuchte, den Rücken durchzudrücken und hocherhobenen Hauptes durch die Straßen zu gehen. Sie wurde behandelt wie ein Köter, und sie fühlte sich auch so. Sie ging Klinken putzen und bettelte um jeden einzelnen Auftrag. Hämische Blicke musterten sie unverhohlen von oben bis unten. Sie war Abschaum. Die "Gesellschaft" -oder das, was sich dafür hielt- war sich einig: Hannah Siegers musste weg. Aber irgendwie schien sie nicht zu kapieren, was man ihr schon seit Jahren beizubringen versuchte. Sie war überflüssig, ein Störenfried. Immerhin sprach sie kaum noch mit jemandem, sang auch nicht mehr wie früher und spielte auch nicht mehr Klavier. Aus dem einst so lebensfrohen Haus in der Tulpenstraße 23 kam kein Laut mehr. Grabesstille. Sie war, wenn nicht unsichtbar, so doch unhörbar geworden. Auch schon ein Fortschritt.

Hannah Siegers kapierte durchaus, und zwar seit Jahren. Sie wäre auch weggegangen, wenn sie das Geld dazu gehabt hätte. Aber auch das hatte man ihr genommen. So blieb ihr nichts anderes übrig, als Jahr um Jahr in ihrem Gefängnis hinzubringen und langsam zugrundezugehen. Da sie nur noch sprach, wenn es unumgänglich war, hatte ihre Stimme einen heiseren, rostigen Klang angenommen, der selbst die Hunde ab-

schreckte. Sie wurde immer in sich gekehrter und ging ihrer Wege, ohne irgendetwas zu sehen oder zu hören. So sehr sie auch versuchte, sich um ihrer selbst willen aufrechtzuerhalten, sank sie immer mehr in sich zusammen. Die Herzbeschwerden nahmen wieder zu, und jedes Mal hoffte sie, dass es das letzte Mal sein würde.
Ihr Kontostand war ihr zunehmend gleichgültiger geworden. Sie wusste auch so, wie es stand und erwartete täglich den Brief, in dem ihr mitgeteilt wurde, dass die Rechnungen nicht mehr überwiesen werden konnten. Ihre private Krankenversicherung mit Ein-Bett-Zimmer und Chefarztbehandlung hatte sie bereits gekündigt, die dringend notwendigen Arzttermine nahm sie nicht mehr wahr, weil sie sie nicht mehr bezahlen konnte. Ihre Rentenversicherungen hatte sie für Kredite verpfändet, deren Abzahlung aussichtslos war. Sie saß fest in der Schuldenfalle.
Und eines Tages war es soweit. Es waren zwei Briefe. Der eine kam von ihrer Hausbank, bei der sie das Girokonto hatte. Der andere von der Bank, bei der die Hypothek lief. Hannah las die Briefe und legte sie zur Seite. Dann begann sie zu packen.
Zwei Tage später klingelte das Telefon. Die Bank, die für die Hypothek zuständig war, erkundigte sich mit schleimiger Freundlichkeit nach ihrem "Befinden", mit anderen Worten: nach ihrer weiteren Zahlungsfähigkeit. Es blieb Hannah nichts anderes übrig, als in den Verkauf des Hauses einzuwilligen. Die Bank hatte passenderweise eine Immobilienabteilung, die sich um die Abwicklung kümmern würde. Möglichst zeitnah, ver-

steht sich. Obwohl sie wusste, dass es nicht viel bringen würde, beauftragte sie zwei weitere Immobilienmakler. Die kamen vorbei, spazierten kurz durch und schüttelten die Köpfe. Zu groß, zu teuer, zu alt. Man konnte es versuchen, aber...
Dafür war die Immobilienabteilung der Bank umso eifriger. Sie kamen vier Tage später. Kurz zuvor hatte man höflich angefragt, ob ihr der Termin passe. Sie hatte zu allem Ja und Amen gesagt, wohlwissend, dass ihr in Wirklichkeit keine Wahl mehr blieb. Und nun saß sie da, in ihrem zerschlissenen Sessel, hochaufgerichtet, sorgfältig frisiert und geschminkt wie schon lange nicht mehr. Sie trug ein einfaches schwarzes Kleid, und den schweren Goldschmuck, der so viele Begehrlichkeiten geweckt hatte. Ihr leerer Blick ging durch die Kolonne der Besichtiger hindurch. Zum einen kamen jene, die wirklich an einem Kauf interessiert waren, die im Gänsemarsch an ihr vorüberschlichen und die verhärmte, aber immer noch stolze Frau scheu musterten. Nachdem sie alle Räume durchlaufen und beäugt hatten, beeilten sie sich, schnell wieder hinauszukommen, wie von unsichtbaren Furien getrieben.
Und dann gab es die anderen, die nur gekommen waren, um das große Haus, das so viel Neid ausgelöst hatte, einmal von innen zu sehen - und sich an dem Elend der Frau zu weiden, der sie nichts weniger wünschten als den Tod. Es war eine unwürdige Prozession von sensationslüsternen Gestalten, die an ihr vorüberzogen und sich satt sahen. Hannah fühlte sich wie eine an den mittelalterlichen Pranger gestellte Verbre-

cherin. Sie beschloss, die feindseligen Blicke zu ignorieren, die sich an ihr und dem Goldschmuck festsogen. Manchem stand ein so tödlicher Hass in den Augen, dass sie sich Mühe geben musste, ein Schaudern zu unterdrücken. *Ihr würdet mich am liebsten töten. Mein Gott, was habe ich euch getan?* Sogar heute schafften sie es, sie zu beneiden: um die stille Würde und den Stolz, den sie selbst am Boden liegend noch bewahrte.
Es waren diejenigen, die großspurig und triumphierend durch die Zimmer zogen, ohne die übliche Zurückhaltung, die man normalerweise einer fremden Wohnung entgegenbringt. Die Herrenmenschen, wie damals auf der Rolltreppe, die über sie hinwegstiegen, als sie gestürzt war. Sie waren die Sieger. Sie würden nachher der ganzen Stadt berichten, was sie gesehen hatten - und noch ein bisschen mehr, weil das die Sache interessanter machte und sie sich wichtigtun konnten. Hannah kam es vor, als würde das Haus, nein, sie selbst vergewaltigt von den schmutzigen Füßen der Eindringlinge. *In anderen Teilen der Erde ist es üblich, die Schuhe auszuziehen. Doch auch das würde nicht viel helfen, denn sie selbst sind der Schmutz.* Und sie, Hannah Siegers, musste diese Vergewaltigung zulassen. Stumpf sah sie vor sich hin.
Der Vertreter der Bank kam zurück und fixierte sie unzufrieden, feindselig. Er atmete tief durch und räusperte sich: „Frau Dr. Siegers, ich bitte Sie, ein wenig freundlicher zu sein. Diese Leute wollen Ihr Haus kaufen. Sie schrecken sie ab mit Ihrer - äh- Art. Darf ich Sie außerdem darauf hinweisen, dass sich das Haus

ohnehin nicht in einem idealen Zustand befindet - "
„Ach ja? Wollen Sie mir auf diese Weise schon einmal klarmachen, dass der Preis extrem niedrig ausfallen wird? Wollen Sie mich ein weiteres Mal bestehlen? Was erwarten Sie von mir? Dass ich hier eine Party gebe, um den Ruin zu feiern, den Sie herbeigeführt haben?" Ihre Stimme klang hart, und ihre Augen blitzten gefährlich.
„Der Markt entscheidet, Frau Doktor. So ist das nun einmal. Daran können auch wir nichts ändern. Die Zeiten sind schlecht, die Gegend ist nicht gerade begehrt und das Haus - weist Mängel auf."
„Mängel!" Sie lachte bitter auf. „Wie hätte ich denn bitteschön das Haus instand halten sollen, nachdem Sie mir alles genommen hatten? Womit denn? Irgendwelche Anregungen?" Sie erhob sich, und er wich unwillkürlich vor ihr zurück wie vor einer sprungbereiten Tigerin. Ein befriedigtes Lächeln flog über ihr Gesicht. Der Kerl hatte Angst vor ihr. Mit einem Mal kam es über sie. Sie stürzte sich auf ihn, packte ihn am Kragen und zog fest zu. Mit aufgerissenen Augen versuchte er noch weiter zurückweichen, stolperte und fiel hinterrücks in einen Sessel. Hannah hielt ihn immer noch am Kragen gepackt. Ihr Gesicht war dicht über dem seinen. Im Dämmerlicht leuchteten ihre zu Schlitzen verengten Augen und die weißen, gefletschten Zähne, durch die sie leise zischend hervorstieß:
„So, Freundchen, jetzt pass mal gut auf. Ich werde dir sagen, was ich von dir und deiner dreckigen Brut halte. Ihr seid ein widerliches, menschenverachtendes Betrü-

gerpack, ein Diebsgesindel, das zahllose Tode verdient hat. Ehrliche Menschen um ihr sauer verdientes Geld zu bringen, ist das einzige, wozu ihr fähig seid. Und dieses ganze gottverdammte Politikerpack, das mit euch auch noch gemeinsame Sache macht, das mit euch die Beute teilt und die Menschen ans Messer liefert - ihr alle verdient es, an die Wand gestellt und abgeknallt zu werden. Aber nein, das ginge viel zu schnell. Vorher sollte man euch zur Zwangsarbeit ins Zuchthaus schicken, damit ihr wenigstens einmal in eurem Leben echte Arbeit leistet, und tagelang auspeitschen sollte man euch. Doch selbst wenn man euch auf tausenderlei Arten massakriert - nichts wird die Existenzen wiederbeleben können, die ihr zerstört habt, ihr niederträchtiges Gesindel."
Angewidert ließ sie den völlig verschreckten Mann los, der sich entsetzt hochrappelte.
„Und jetzt verschwinde, du feiges Schwein, bevor du mir hier den Sessel vollpinkelst!"
Als die Haustür ins Schloss fiel, atmete sie erleichtert auf. Das hätte sie längst tun sollen. Aber man war ja so erschreckend gut erzogen. Und Beleidigungsklagen waren auch nicht gerade billig. Doch jetzt, ruiniert wie sie war, konnte sie sich alles leisten. Bei ihr war nichts mehr zu holen. Das war der einzige Vorteil von der ganzen Geschichte. Sie lachte und führte mit ausgebreiteten Armen ein kleines Tänzchen auf, bis ihr wieder die Realität wie ein Schock zu Bewusstsein kam.
Sie war ruiniert. Sie hatte ihr Haus verloren, ihre Heimat, ihr Zuhause. Wohin sollte sie gehen? Wenn sich

kein Käufer zu einem angemessenen Preis fand, würden sie es versteigern. Und der Typ hatte schon angedeutet, dass sie keinen angemessenen Preis erwarten konnte, weil sich das Haus in einem schlechten Zustand befand. Sie hatte sich alles vom Munde abgespart, und trotzdem war für die Instandsetzung nichts mehr übrig geblieben. Etwas sagte ihr, dass man ihr auch dann, wenn das Haus perfekt gewesen wäre, niemals die ihr zustehende Summe gezahlt hätte. Sie hätten sie nie aus der Sklaverei entlassen, an der sie so prächtig verdienten. Zahlte sie nicht schon seit Jahren eine Hypothek ab, die sich trotz allem kaum dezimiert hatte? Sie würden sie nie entlassen. Niemals.
Mit einem Mal war sie unendlich erschöpft. Die befreiende Euphorie war nur eine Sache von Minuten gewesen. Sie sank in ihren Sessel, in dem sie noch kurz zuvor wie eine Königin in ihrem Ruin gethront hatte, und schlug die Hände vors Gesicht. Sie stand mit dem Rücken zur Wand. *Sie* war es, die an die Wand gestellt wurde.

In der Stadt trat eine seltsame, gespannte Ruhe ein. Die Nachricht von Hannah Siegers endgültigem Ruin hatte sich auf wundersame Weise wie ein Lauffeuer verbreitet.
Sie lag am Boden, endlich. Worauf man so lange gewartet hatte, es war eingetreten. Nun würde sie hoffentlich für immer verschwinden. Man gönnte es ihr von ganzem Herzen. Dennoch wollte sich keine rechte Freude einstellen. Die Menschen unterhielten sich nur

flüsternd und huschten mit eingezogenem Kopf durch die Straßen. Es war, als läge etwas in der Luft. Selbst Habib Sarif machte sich einen Augenblick lang Gedanken um irgendetwas, das er selbst nicht beim Namen nennen konnte, doch dann verscheuchte er sie mit einer Handbewegung.

Es kam, wie Hannah befürchtet hatte: das Haus wurde versteigert. Erst später sollte herauskommen, dass es ein Strohmann der Bank war, der es zu einem Spottpreis erstanden hatte. Die Hypothek wurde nur zu einem Viertel abgedeckt. Für Hannah blieben drei Viertel der Schuld bestehen. Fast eine Million. Die sie nie im Leben abzahlen würde. Nichts konnte darüber hinwegtäuschen, dass sie in einigen Tagen obdachlos sein würde. Sie hatte keinen Job und keine Aufträge mehr. Die schwache Hoffnung, dass sich irgendeiner von jenen Leuten melden würde, denen sie so oft geholfen hatte, erfüllte sich nicht. Das Telefon blieb still. Hannah dachte an das Mädchen mit den Zündhölzern, das ihr im Traum erschienen war. Kämpfen solle sie. Das Leben habe einen Sinn, wenn man ihn nur aufrichtig suche. Sie lächelte müde. Träume sind wohl doch nur Schäume. Sie war des Suchens müde. Offenbar gehörte sie zu den Menschen, für die es keinen Sinn gab. Die Zündhölzer waren ihr ausgegangen. Sie hätte etwas darum gegeben, wenn das Mädchen ihr wieder erschienen wäre. Um sie um Rat zu fragen, um… Sie schüttelte den Kopf. Träume sind Träume, und Träume sind Schäume.

Es ist etwas Seltsames mit der menschlichen Natur: wir ängstigen und sorgen uns ein Leben lang, und wenn alle diese Befürchtungen zu Realität geworden sind und es keinen Ausweg mehr gibt, überkommt uns eine merkwürdige Ruhe. Nach lebenslangem Kampf ergeben wir uns, nehmen die Dinge an, an denen wir ohnehin nichts mehr ändern können, und bemühen uns, wenigstens noch so würdevoll wie möglich den unvermeidlichen Abgang zu schaffen. So erging es auch Hannah. Sie stand nun endgültig außerhalb des bürgerlichen Lebens. Ohne Krankenversicherung, ohne Job, ohne Aufträge, und bald darauf auch ohne Telefon. Ohne Obdach. Selbst die Tiere schienen ihre Gesellschaft zu meiden.
Es gab also nichts, was Hannahs Ruhe gestört hätte. Sie befand sich in einem halb tranceartigen, meditativen Zustand, der ihre Planungsfähigkeit und die Klarheit ihres Denkens jedoch keineswegs einschränkte, sie im Gegenteil eher noch verstärkte. Alle ihre Sinne arbeiteten jetzt geradezu schmerzhaft intensiv, als wollten sie sich ein letztes Mal mit all dem sättigen, das ihnen bald geraubt würde. Sie nahm das Haus mit allen Kräften ihres Geistes und ihrer Seele in Besitz und verbarg es an einem geheimen Ort ihres Herzens, wo es ihr niemand nehmen konnte, fernab von dem Marktgeschrei der Banker und Immobilienhändler und dem hasserfüllten Lärm der "Gesellschaft".
Langsam wanderte sie durch das Haus und verabschiedete sich von jedem Raum, jedem Möbelstück. Über 40

Jahre hatten ihre Spuren in der Erinnerung hinterlassen. Sie nahm Abschied von ihrer Identität, um zu einer neuen zu finden. Sie verabschiedete sich auch von der Küche, von dem Tisch, dem Rolladen, die Zeugen ihres letzten Flirts mit Habib Sarif gewesen waren. *Von den Armen muss man sich fernhalten*, hörte sie wieder seine sanfte Stimme, die so erbarmungslos hart und kalt sein konnte. *Ein gutes Motto*, dachte sie bitter. Er würde vielleicht kein guter Arzt werden, aber ein reicher Arzt. Und das war schließlich die Hauptsache…

Es war wieder Weihnachten. Die letzten Tage zuhause. Sie hatte alles vorbereitet. Sogar ein kleines Christbäumchen hatte sie organisiert und mit ein paar Kugeln geschmückt. Sie musste an die Berichte aus Kriegszeiten denken, die sie gelesen hatte, von der Weihnacht in Bunkern. Irgendwie kam ihr ihre eigene Situation schlimmer vor, doch so war es wohl immer, dass einem die eigene Not am schlimmsten erschien. Sie überlegte, ob sie eine CD mit Weihnachtsliedern auflegen sollte, wie früher, als ihr einfiel, dass sie keinen Strom mehr hatte. Der war ihr auch freundlichst abgestellt worden.
Seit der Besichtigungstortur hatte sie die Rolläden nicht mehr geöffnet. Nichts sollte mehr von dem Schmutz der feindlichen Welt da draußen eindringen. Das einst so lebendige Haus war tot, und es schien ihr, als hielte sie Totenwache, als hüte sie einen geschändeten Leichnam, dem Zeit und Verfall die Spuren der Misshandlungen abwuschen.
Dankbar hatte sie sich der Kerzenstummel erinnert, die

sie aus irgendeinem Grunde nie hatte wegwerfen können. Heute taten sie ihr gute Dienste. Der Ort, der immer so freundlich und warm gewesen war, das Nest ihrer Kindheit, ein Fluchtbunker in der Erwachsenenzeit, lag nun dunkel und kalt. Die Leitungen würden einfrieren, und es wunderte sie, dass niemand daran dachte. Aber wahrscheinlich ging es ohnehin nur um den Grund und den Boden, von dem sie wusste, dass er in dieser Gegend sehr teuer war. Man würde das Haus abreißen und ein neues hinstellen, einen modernen Designerbau mit allem Komfort. Dass ein Haus eine Seele hatte, kapierten diese geldgeilen Typen nicht. Sie würden es genauso vernichten wie seine Besitzerin.

Mit Scham dachte Hannah daran, dass auch sie früher die große Villa in erster Linie als Belastung empfunden hatte, die man loswerden müsse. Sicher - es war nur eine Immobilie, eine Sache. Eine Ansammlung von Steinen zum Zweck der Wertanlage. Etwas in ihr entschuldigte sich bei dem alten Haus. Sie hatte es unterschätzt. Nun erschien es ihr als der letzte Gefährte, der ihr geblieben war. Ein Familienmitglied, das ihr Geborgenheit, Licht und Wärme gab, obwohl alles darin Dunkel und Kälte war. Die Wände kühlten aus wie der Leib eines Menschen, der im Sterben lag.

„Könnten wir beide", flüsterte sie, „uns doch einfach in die Lüfte erheben, wie in den Märchen, und zu einem schöneren, helleren Ort fliegen, wo die Menschen gut und anständig sind, wo es immer warm ist und die Sonne scheint. Oder zu einem einsamen Plätzchen am Nordpol, wo ewiges Eis und Schnee liegen, fernab von

allem, sofern der Mensch dort nicht auch schon alles zerstört hat… Vielleicht wäre es da schon besser, zu einem anderen Planeten zu fliegen, denn es gibt keinen Zipfel der Erde, den der Mensch in seiner Verkommenheit noch unbeschadet gelassen hätte. Was meinst du?"
Lächelnd drehte sie sich um sich selbst und lauschte auf die Wände. Das alte Haus schien zurückzulächeln. „Ja, lass uns gehen", schien es zu sagen. "Ich werde dich überallhin begleiten, wohin du auch gehst."
Hannah nickte. „Danke", flüsterte sie. „Danke. Es ist das Beste. Wir gehen fort von hier, wo man uns nicht haben will."

Die Mehrheit der "Beobachter" - oder sollte man sie besser "Bewacher" nennen? - ging davon aus, dass sie in Nacht und Nebel die Stadt verlassen hatte. Still und unheimlich lag das Haus in dem von Frost erstarrten Garten, wie ein riesiger Sarkophag. Sie sehnten den Augenblick herbei, in dem es abgerissen würde. Es kam ihnen bedrohlich vor, wie eine in Stein gehauene Mahnung, und sie zogen unwillkürlich die Schultern hoch, wenn sie daran vorbeilaufen mussten. Der glänzende Sieg, den sie so gefeiert hatten, schmeckte mit einem Mal nach Fäulnis und Tod.

Heiligabend. Hannah saß in der dunklen, kalten Höhle ihres Hauses, das nicht mehr ihres war. Sie hatte alles vorbereitet. Vor ihrem geistigen Auge erstanden die alten Zeiten wieder auf, Weihnachten als Kind, als jun-

ge und schließlich erwachsene Frau. Immer hatte sie Weihnachten zuhause verbracht, ohne eine einzige Ausnahme. Auch dieses Weihnachten würde sie zuhause verbringen. An dem kleinen, mickrigen Bäumchen erstrahlten die Kerzenstummel. Sie lächelte und streichelte zärtlich seine Äste. Früher hatten sie immer einen großen, ausladenden Christbaum gehabt. Über und über behangen mit bunten Kugeln, Lichterketten, Sternen, Vögelchen und Lametta. Von einem Jahr zum anderen war er immer kleiner geworden. Der letzte hatte schief und gebeugt im Raum gestanden. Und sie musste zugeben, dass es ihr immer schwerer gefallen war, an Weihnachten in Feierstimmung zu geraten.
Hannah sah in die Flammen. Heute würde alles ganz anders werden. Sie hatte sich zurechtgemacht, wie sich das gehörte und wie sie es immer getan hatte, als sie alle noch zusammen gewesen waren. Sie trug ihr einfaches schwarzes Kleid, und dazu den prächtigen Goldschmuck, der den Schein des Feuers zurückwarf. Früher - da hatten sie alle um den Baum herum gestanden. Und gesungen. Hannah schluckte und wischte sich die Tränen aus den Augen. Dann begann sie zu summen, wobei der Ton etwas zittrig und rauh aus ihrer Kehle kam:
Stille Nacht, heilige Nacht. Alles schläft, einsam wacht nur das traute hochheilige Paar.
Ihre Gedanken flogen in den Stall zu Bethlehem, die einzige Möglichkeit für das heilige Paar, als sie wie Bettler von einer Tür zur nächsten gewandert waren, vergeblich. Sind die Nächte in der Wüste nicht kalt?

Doch, das sind sie. Hochschwanger, kurz vor der "schweren Stunde" stehend - und obdachlos. Immerhin hatten sie einander, und den Gottessohn. Eigentlich konnte gar nichts passieren. Sie, Hannah, war dagegen völlig auf sich allein gestellt. Trotzdem: sie waren Menschen mit all den Ängsten und Sorgen, die zum Menschsein gehören. Besonders in einer solchen Situation. Und dann: Christus am Ölberg, Christus am Kreuz. Die absolute Einsamkeit und das völlige Ausgeliefertsein.
Ganz allmählich schwoll ihre Stimme zu einem lupenreinen Gesang an, der über den Flammen schwebte.
Durch der Engel Hallelujah tönt es laut von fern und nah: Christ der Retter ist da!
Sie kamen alle. Alle! Als würde sich der Himmel öffnen und ein vieltausendstimmiger Gesang über das Prasseln und Zischen des Feuers triumphieren. Hannah kreuzte die Arme vor der Brust. Wie war das schön! Dass man sie so willkommen heißen würde, hätte sie nie gedacht! Das Haus um sie herum knisterte und knarrte vor Freude. "Lass uns gehen! Wir haben das Paradies gefunden! Unsere Heimat!" Zu eng wurde das Häuschen und zu eng ihre Seele für das, was sich in ihrem Wohnzimmer niederließ. Die Wände schienen sich aufzulösen.
Da uns schlägt die rettende Stund', Christ, in deiner Geburt!
Das alte Haus erbebte in seinen Grundfesten. Später erzählte man sich, dass es ausgesehen habe, als wollte es sich mit allem, was darin war, in den Himmel erhe-

ben, inmitten eines gigantischen Feuerballs.

Es hatte eine Weile gedauert, bis die Nachbarn aufmerksam geworden waren. Schließlich war es zu dieser Jahreszeit völlig normal, dass irgendwo etwas flackerte oder blinkte. Außerdem waren die meisten Rolläden geschlossen, genauso wie in dem alten Haus, das man nun für unbewohnt hielt. Mit dem, was sich da abspielte, hatte einfach niemand gerechnet. Spätestens als von der gewaltigen Explosion Fensterscheiben zu Bruch gingen und der Boden zitterte, war klar, dass es sich um etwas mehr handeln musste als einen verfrühten Knallfrosch. Man sah den Feuerschein bis zum anderen Ende der Stadt. Dort feierte gerade Habib Sarif in erlauchter Gesellschaft. Irgendjemand hatte gerufen: „Schaut euch das an! Was ist das?" Die ganze Gesellschaft war zu den Fenstern geströmt. Der Himmel glühte rot. Habib erstarrte. Er wusste selbst nicht, warum er instinktiv an Hannah Siegers denken musste. Er stellte das Sektglas irgendwohin und eilte zur Garderobe. Die Herrschaften sahen ihm verwundert nach, und eine Blondine kicherte: „Ich glaube, er hat Angst, dass ihm seine alte Hexe abhanden gekommen ist, die Siegers."
Niemand lachte.

Mit quietschenden Reifen fuhr Habib, von einer bösen Vorahnung getrieben, zu dem Haus in der Tulpenstraße 23. Tatsächlich kam der Feuerschein immer näher, wurde der Brandgeruch immer intensiver. Er betete zu

irgendeinem Gott, an den er nicht glaubte, dass er sich irren möge. *Bitte nicht. Bitte, bitte nicht.* An der Einfahrt zur Straße wurde ihm die Durchfahrt verwehrt. Er parkte das Auto irgendwo und lief zu Fuß. Erneut wurde er zurückgehalten. Bitte keine Gaffer, die die Löscharbeiten behinderten! Außerdem würde er sich selbst in Gefahr bringen. Er hatte nur den einen Gedanken: war sie es? Er musste es herausfinden, koste es, was es wolle. Sein Mund war trocken, kaum konnte er sich artikulieren, verhaspelte sich mit der fremden Sprache, die er sonst fließend beherrschte. Misstrauische Blicke. Er musste sich zusammennehmen. Schließlich brachte er hervor: „Hannah Siegers, ist sie es? Bitte sagen Sie es mir, ich bin ihr -" er stockte und fuhr tonlos fort – „Freund."
Nein, das bist du nicht. Das bist du nie gewesen. Eine glatte Lüge.
Ein Polizist erbarmte sich seiner. „Meinen Sie die Frau, die im Haus Nummer 23 wohnte?"
23? War es die 23? Mit einem Mal zögerte er. „Ja, ich denke schon. Frau Dr. Hannah Siegers jedenfalls."
Der Polizist blickte kurz zu Boden. Dann sah er Habib scharf an. „Sie sind ein Freund von ihr, sagen Sie?"
„Ja. Eigentlich nur ein Bekannter." *Du hast kein Recht, dich als Freund zu bezeichnen.*
Der Beamte nickte, als hätte er sein anfängliches Misstrauen aufgegeben. Noch bevor er sprach, konnte Habib in seinem Gesicht lesen, was er zu hören bekäme.
„Wenn Sie Frau Dr. Siegers suchen - ", er atmete tief durch. Sein Blick ging zu dem noch immer brennenden

Schuttberg auf der anderen Straßenseite. „Ich muss Ihnen leider sagen, dass jegliche Hilfe zu spät kam. Wir haben bisher nicht einmal ihre Leiche finden können. Es ist alles verbrannt."
Gerade als Habib die geringe Hoffnung äußern wollte, dass sie sich vielleicht gar nicht mehr in dem Haus befunden hatte, piepste das Funkgerät des Beamten. „Hm, gut, ich komme." Er wandte sich wieder Habib zu. „Tut mir leid, dass ich Ihnen keine bessere Nachricht geben kann."
„Ist sie… haben Sie sie gefunden?"
Der Polizist überlegte und nickte dann.
„Kann ich mitkommen? - Ich bin Arzt.", schob er schnell nach. Leicht übertrieben, aber normalerweise sehr hilfreich. Erneutes Zögern. „In Ordnung, dann wissen Sie ja wohl, was Sie erwartet…"
Das unförmige Etwas lag auf einer Bahre. Eine in Embryonalhaltung krampfhaft zusammengezogene, schwarze Masse, Knochen, entblößt vom Fleisch, das verbrannt oder geschmolzen war. Nicht einmal die Hälfte der ursprünglichen Größe war übriggeblieben. Der Mensch besteht zu einem Großteil aus Wasser. Hannah Siegers war buchstäblich verdunstet. Habib beugte sich nieder und betrachtete ihre rechte Hand, die er bei ihrem letzten Treffen am Rolladengurt berührt hatte, und die nun wie eine Kralle aussah. Gleichzeitig mit dem Gefühl von Abscheu und Entsetzen verspürte er das Bedürfnis, sie zu berühren, doch schließlich war er dankbar, als man ihn zurückhielt. Er suchte ihre Augen, um in ihnen noch einmal Hannah Siegers zu se-

hen. Doch die Höhlen waren leer und verkohlt. Ein kahler, schwarzer Totenschädel.

Die Identität der Leiche wurde eindeutig anhand des Gebisses geklärt. Doch dann geschah etwas Seltsames: als hätte sie nur auf diesen Augenblick, quasi der Ordnung halber, gewartet, löste sich Hannah Siegers oder das, was von ihr übriggeblieben war, innerhalb kürzester Zeit in immer feineren Staub auf, bis nichts mehr vorhanden war, das man hätte beerdigen können. Hannah hatte die Stadt, die sie nie akzeptiert hatte, endgültig verlassen.

Statt des erwarteten Triumphgefühls lag eine gespenstische Schwere über der Stadt. Es war, als wäre ihren Bewohnern sämtliche Lebenslust vergangen. Man wagte einander nicht mehr in die Augen zu sehen. Wer es sich leisten konnte, zog fort. Die Jungen packten ihre Sachen und ließen die Alten mit stillem Vorwurf zurück. Wie zuvor in der Komplizenschaft waren sie nun darin vereint, die Schuld aufeinander abzuwälzen, die ihnen niemand nehmen konnte. Wer von außerhalb kam, beeilte sich die Stadt wieder zu verlassen, auf der ein kollektives Kainsmal zu lasten schien. Nach und nach lehrte sich erst die Straße, dann das Viertel, in dem Hannah gewohnt hatte. Allmählich begann man sich sogar zu erzählen, dass es in der Tulpenstraße spuke. Doch es war nichts anderes als ihr Schuldbewusstsein, das sie Gespenster sehen ließ. Die ganze Stadt verfiel, als läge ein Fluch auf ihr. Selbst an Sonnentagen schien sie in einen dunklen Nebel gehüllt zu sein. Die Grundstückspreise fielen ins Bodenlose, weil niemand dort leben wollte.

Habib Sarif hatte noch gewartet, bis ihre Identität geklärt war. Dann hatte er seine Sachen gepackt und die Stadt mitsamt ihrer erlauchten Gesellschaft ohne Abschied verlassen. Er meldete sich für ein Entwicklungshilfeprojekt in der Dritten Welt und wurde zu einem renommierten Arzt, zur letzten Hoffnung für viele Menschen, bekannt dafür, dass er unbeugsam gegen staatliche Machtarroganz und gesellschaftliche Borniertheit seinen Weg beschritt. Viele Jahre später sollte er noch davon erzählen, dass er ohne die Begegnung mit Hannah Siegers, der Vielverachteten, ein nutzloser Salonlöwe geworden wäre. Und dann pflegte er schweigend in die Ferne zu blicken, denn es war ihm, als sähe er es dort, das Mädchen mit dem geheimnisvollen Lächeln und den schenkend ausgebreiteten Händen, von denen ein wärmendes Licht ausging, dort inmitten der flammend untergehenden Sonne, und als hörte er es wispern wie in einem Windhauch: *Jeder Mensch hat einen Sinn im Leben, doch manchmal erfüllt er sich erst im Tod.*